貧困と平和についての農民への手紙

ジャン・ジオノ［著］

山本 省［訳］

彩流社

目次

貧困と平和についての農民への手紙

一九三八年七月六日

ああ！　私にはあなた方の声が聞こえてくる。この手紙を受け取ったあなた方は、筆跡を見て、私が書いた手紙だということを理解して、こう言うだろう。

「私たちに手紙を書いてくるとは、彼はいったいどうしたのだろうか？　私たちが今どこにいるか彼には分かっているはずだ。小麦の収穫の時期なので、私たちは畑に出ているか麦打ち場にいるか、この二つの場所のいずれかにいるのに決まっている。彼はやってくればいいだけの話だ。もしかして病気なのかもしれない。ともかく手紙を開けてみよう。あるいは彼が腹を立てているのかもしれない。それとも、私たちが何かよくないことでも仕出かしたのだろうか？」

農民の問題は普遍的である。

あなた方は私に何をしたと言いたいんだね？　私たち［あなた方と私］に限って腹をたてるなんてことはありえないということくらいは分かっているじゃないか。そんなことではない。私があなた方に手紙を書くのは、これが理にかなっているからだよ。とても重要なことを私はあなた方に言いたいのだ。だから、手紙を書いて私が考えていることを伝えたいのだよ。そうなんだ。あなた方が教えてくれた教訓を私がしっかり覚えているということは、分かってもらえるだろう！　いや、実のところ、少しの教訓があれば、そのまわりには多くの教えが潜んでいるものだ。あなた方と話し合ったあと、こんなことを互いによく言ったものだ。「そうだな！　私たちが今話したことは、もっと他の人たちにも言うべきなんだよ」と。まさにその通りだ。バス＝ザルプ［アルプ＝ドゥ＝オート＝プロヴァンスの旧称］県のある農場の前に私たちはいる。二十人ばかりで私たちが話し合った内容は、それほど馬鹿げたことではないと思うよ。消息通としての頭脳を働かせたとは言えないかもしれないが、いかなる当惑を感じることもなく、まさしく私たちはごく単純に良識をもって話し合ったと言うことができる。話し合うたびに、話していることが事実でないのなら、いつでもそのことを指摘してほしい。話し合いのあとで十五分ばかりパイプをふかすのは最高に気持のよいものだった。しかしそのすぐあとで、私たちはもう他のことを考えてしまうのである。明日の夕べ、私はピジェット［農場の名前］の住人たち、あるいはラ・コマンドリ［農場の名前］の住人たちと話しているだろう。しかし、そのことに問題があるわけではない。私たちはいつも正確に同じことを話すわけではないからである。あなた方はここにいる間にだって、すでに異なったことを考えていたし、私たちが他のことを考えはじめると、すぐさま事態は奇妙な様相を帯びはじめるのである。私が今あなた方に書いているこの手紙は、もちろんあなた方に送るが、何しろこの手紙は書かれているので、他の人たちに送ることもできる。あなた方のことを知らないのにあなた方の話をしている人たちがたくさんいるし、あなた方のことを知らないのにあなた方を支配している人たちもたくさんいる。同じく、あなた方を知らないのにあなた方を相手に政治的な計画を練っている人たちもたくさんいる。もちろん、あなた方の意見を訊ねることもなく、あなた方を意のままに扱う人たちがたくさんいる。他方、ドイツ人、イタリア人、ロシア人、アメリカ人、イギリス人、スウェーデン人、デンマーク人、オランダ人、スペイン人の農民たちが存在する。つまり、世界中のあらゆる農民が、あなた方とほとんど同じ状況に置かれているということに変わりはない。このような問題が世界に広がっていくことを私が望んでいるのは、あなた方もお分かりだろう。もちろん、そうだよ。外国の農民たちもそれぞれの国において解決しなければならない固有の問題を抱えている。そうした問題に直面すると、彼らは私たちよりもっと抜かりがないであろう。しかし、彼らの手に犂と小麦の粒を持たせてみるがいい。彼らをうしろから突き動かすものは、あなた方をうしろから突き動かすものと類似している。当分のあいだ国民的と呼ばれることになるような諸問題に関して私たちが彼らより優れているなどと主張して彼らをうんざりさせたりするつもりはない。私たちは彼らに向かって、すべての人に通用する、人間に関する話題を取り上げるつもりである。彼らをうしろから突き動かすものは、私たちをうしろから突き動かすものと類似しているということは、あなた方もお分かりだろう。私は世界中のありとあらゆる言語に通じている何人かの仲間たちと意思の疎通をはかってきている(そこには日本人まで加わっている。彼が文字を書くと、まるで頁の上部から長い葡萄の房をぶら下げているようだ[片山敏彦との書簡による交流があった。ジオノのもとには片山からのフランス語の手紙はあるが、日本語で書かれた片山の手紙は残っていないということである])。こうした友人のすべてがこの手紙をそれぞれの外国の農民の言語でふたたび書き、その手紙は農民たちのもとに送り届けられるであろう。このことに心配はいらないよ。自分が読みたいものを読むという自由を享受できないような国に住んでいる農民たちにも、読みたいものを読むという自由の機会を与えるための方策を私たちはすでに見出している。彼らは私たちの手紙を受け取り、多分あなた方と同時にそれを読むことができるであろう。

解決の探究に個人的に専念すること

私には手紙を書くための三つめの理由があった。これがもっとも重要な理由である。誰でもそうだが、あなた方はいいことも悪いこともあわせ持っている。あなた方は自分たちの魂の美しいところしか私には見せてこなかった。私はそうした美点をもっと拡大してしまうような眼差しと欲求を持っている。私たちは本物の英雄的精神を狂おしいまでに必要とするような時代に、当時は、入りこんでいたからである。あなた方だけがその英雄的精神を持っているだけでなく、それを毎日のようにあまりにもやすやすと実行しているので、あなた方の姿を見ていると、私たちは頭の先から足の先にいたるまで最高度に健全で力強い勇気に力づけられるのであった。私は、雌狼の本物の乳房からじかに乳を飲むように、あなた方の魂の美しい側面から絶えず栄養を吸収していた。しかしながら、あなた方は悪い側面も持っている。空には天使たちがいるが、地上に天使がいるわけではない[現実は厳しい]。人間たちは自分たちが存続するためにただ単に翼を羽ばたいておればいいというわけではない。人間たちは容赦なく自らを再生していかなければならないのである。そして生命を持続させる必要がある。心臓は収縮する。動きを停止している短い時間のあいだに、つまり痙攣の収縮の谷底にあっては、確かに収縮を持続していけるかどうか決して保証されているわけではない心臓の場合と同じである。別の言い方をすれば、私たちは弱い存在である。あるいは、これも同じことを言うことになるのだが、私たちが持っている力は、私たちが望んでいるような力ではないのである。だからして、私たちは良くない側面を持っているわけである。仮に、手紙を書かずに、面と向かってのあなた方との議論のなかで私が話したとすれば、あなた方は相変わらず良い側面だけしか見せてくれなかったであろう。ついには、あなた方は私の意向を汲んで判断したであろう。しかしながら、その決断は完全に誠意あるものではないであろうし、そこにはいかなる価値も認められないであろう。

ここでしばらく立ち止まることにしよう。現在の情勢を眺めてみよう。世界中のすべての人々がこのような価値のない決断の囚人になっている。あなた方は一般的な人々の上に位置しており、普遍的な人民である。そのあなた方は、私が思うには、間もなく森羅万象を再構成する責任を負うことになるであろう。あなた方は大胆に決断する必要があるだろう。私がここで採用している方策は、私があなた方と一対一で出会うことを可能にしてくれるだけでなく、その上に、さらにこのことがもっと重要なのであるが、あなた方を孤独な状態で熟考に導くことができるような方策なのである。これが、もっとも重大な問題を純粋な形で解決するあなた方のやり方だということを私はこれまでいつも確認してきている。あなた方は芸術[文学や音楽といった芸術ではなく、生きていく上での智恵をここでは芸術と呼んでいる]には簡単に誘惑されてしまう。しかし、あなた方はあらゆる人々のうちでもっとも傑出した存在である。誠実に生きることはもっとも卓越した芸術だと言うことができるが、あなた方が自分ひとりになって人生に向き合うと、すぐさまあなた方はその芸術の達人になる。私があなた方にあてて書く手紙の内容を読めばただちに、あなた方のなかに潜んでいるよくない側面が、それに非を唱えるための果てのない壮麗な議論を引き起こすことであろう。そういう風になっているのだ。そうした悪質な議論の敵は、あなた方自身の内部にいる。もしもその敵がそこにいないなら、あなた方も存在していなかったであろう。何故なら、あなた方は自然の存在であるからだ。あなた方はしかるべき時間をたっぷり持っている。急ぐ必要はない。あなた方も私も、迅速さという現代病にかかっているわけではない。雷のように奇跡が炸裂すると思わせるようにたくらんだ人物が誰なのか、私には分からない。だから、私たちにはそのような奇跡は絶対に見えないのである。私たちが見守っているところで、奇跡はきわめてゆるやかに行われるということを私たちが知るとすぐさま、その奇跡の歩みのすべてが見えるようになる。小麦をまき、小麦に必要なしかるべき時間を与えているあなた方がそんなことを学ぶ必要はない。小麦は芽を出し、大地の上でまるで黄金のように逞しく成長していく。数学と化学を機械のなかで結合させることによって、急速に一時間で小麦を成長させ成熟に導こうなどと、あなた方は一度も考えたことがない。大地はそんなことを受け入れるはずがないとあなた方は知っている。これと同じ性質の農民の仕事を私はあなた方とともに行いたいのである。大地が反対しないことを私は願っている。あなた方の良くない側面から出てくる適切な議論のすべてを集めるために必要なしかるべき時間があなた方には充分にある。そのことを恥ずかしいと思う必要はない。反対に、適切な議論を可能な限り積み重ねるがいい。あなた方の良くない側面に完全な自由を与えるがよい。あなた方の他には誰もいない。あなた方の他には、あなた方を見ている者は誰もいない。あなた方には自分自身の目の前で立ちあがってほしい。この手紙はまさしくそのために書かれているのである。あなた方が自分自身に打ち勝つならば、世界中のいかなる権力と言えどもあなた方を破滅させることは不可能なのである。

豊かさの本当の意味の取り違い

私をもっとも熱中させるのは豊かさである。私がいつも貪欲に追究してきたもの、それは豊かさである。豊かさを獲得するためなら、私はどんなものでも犠牲にする。これ以上に正当で自然な欲求は存在しない。人生において、豊かさ以上に重要なものは何もない。私たちが大地の上にいるのは、ただ単に豊かになりさらに豊かでありつづけるためなのである。可能な限り早く豊かになり、可能な限り長く豊かな状態にとどまれるよう、あらゆる努力をしなければならない。それが人生の唯一の目標である。それ以外の目標はない。それ以外に目標があるはずがない。その目標を目指しての歩みに必要な組織の動きに万事を従属させねばならない。その目標が達成されたなら、その状態にいつづけるために必要な組織の動きにすべてを従属させねばならない。戦争や戦闘の熱烈な敵である私でさえ、あなた方の豊かさを守るためならばあなた方は死にいたるまで闘うべきだと言っておきたい(貧困のなかで生きていても仕方がないからである)。豊かさが、あなた方が豊かさを獲得したあと、あなた方から剥ぎとることができるような物体であるとするならばという条件つきではあるが。しかしそんなことはできないのである。あなた方が豊かになると、永遠に豊かなのである(あなた方の唯一の敵はあなた方自身である)。そして誰であろうとも(あなた方以外には)、あなた方を貧困の状態に戻らせることはできない。あなた方の豊かさを守るための最良の防御は、あなた方とあなた方自身の間にさらにあなた方と他の人々との間に築かれる平和である。こうした状況の意味は、あなた方が豊穣さを獲得すれば、あなた方は本能的に感じることができる。そして平和は容易なものである。平和に費用はかからない。反対に、論理的な〈別の表現をするなら〈自然な〉〉構造物のすべてにおけるのと同じく、平和は体系の一部分となり、自らの負担金を支払い、そして全体に養分を提供する。私たちは平和を扶養する必要はない。平和が私たちを扶養してくれるからである。

私が書いてきたことであなた方を当惑させているのは、出だしはよいのだが、終わり方がよくないということだ。まず、あなた方は私の書いていることに賛成である〈そうではあるが、私が豊かさを少し過大に評価しすぎている、そしてあなた方は豊かさにそれほど魅力を感じているわけではない、と考えながらのことである。私はあなた方よりも豊かさにいっそう魅力を感じており、あなた方はそんなことは考えてもみなかったということなのである〉。そして、そのあと、何故それ以上はもう私の言うことについていくことはできないのだろうか、とあなた方は自問することになる。何か弱くて脆弱なものがあるとすれば、それはまさしく豊かさなのだとあなた方は考えている。そしてそれどころか、豊かさというものはすぐに成立するものであるとあなた方は考える。それから、あなた方は私が平和について語っている地点に到達する。そして、そこで私が言っていることのなかになるほど理性の欠如が感じられるので、そのことがあなた方を私から切り離すことになる。私たちが生きている一九三八年の七月において、豊かさの防御は平和であるなどと考えることはできない。その反対に、自分の豊かさを防御しようと思う者は戦争の準備をしなければならないということは明らかである。世界中の人間が戦争の準備をしているのは誰もが知っていることだ。他人の豊かさを取り上げようという意図を持っているために、あるいは互いに他人だという理由で反発しあって、戦争の準備をするのである。軍隊を維持するために政府が浪費する莫大な金額を新聞で読むことができるし、その金額は収税吏があなた方に送ってくる通達文書のなかに文字通りに繰り返されているということも私たちには分かっている。自分自身の財布の金額と比べると、その数字はあまりにも巨大である。毎年のように、縦筋のある板が敷かれている窓口であんなに大金を支払う必要があるのだから、平和に金はかからないと言うことはできない（しかも、私たちが支払わなければ、収税吏が私たちに支払わせる。金を出せなければ、憲兵がやってくる。何であろうと、あるいはすべてを持っていかれてしまう。雌牛、百頭の羊、馬など。しかもそれは兵士のためなのだ）。しかも、毎年のように、支払い金額は増えていくのである。平和は、反対に、非常に高くつくのである。いついかなる時にでも、国の平和を守るために互いに戦っている国を代表するような人物たちが行っているありとあらゆる努力を物語る談話を私たちは読むこともできる。しかしその談話はいささか理解に苦しむようなところがある。（何故なら、そうした談話は私たちが普段使わないような言葉で語られているからである。彼らが使う言葉と、私たちが日常的に使っている言葉では、どちらがより自然なのであろうか？）まるで生皮を剥がれているかのように叫んでいる人々のざわめきが無線電信から聞こえてくることが時としてある。そして彼らには平和に関する独特の概念が与えられるようになっている。そして彼らの生皮を剥いでいるのはあなた方だと彼らに思いこませてしまっている。あなた方は自分たちが暮らしているところから一歩も動いたことがなく、彼らのことなどぜんぜん知らないのである。それなのに、彼らが叫んでいるのはあなた方に向かってなのだ。夕方、家族とともに集まり、あなた方は互いに顔を見合わせて暮らしている。子供たちや、縫い物をする手を止める女性にいたるまで、誰にも彼らの怒りと彼らの脅しの声が聞こえてくる。そして、あなた方は身の潔白を証明したいという激しい欲求を感じる。自分に罪はない、そんなことはありえない、自分は彼らに対して断固として何もしていないと叫びたいという激しい欲求を覚えるはずである。さらに、ついに、あなた方は彼らの顔を叩きつぶしてやりたいと思うのである。最終的に、女性が「さあ、戸締りをして、もっと楽しいことを探しましょうよ」などと言うのである。その夜のあいだ、真夜中になっても、このことは忘れられない。そして翌日に、畑にいても、あのざわめきが耳のなかでつねに聞こえてくるのである。楽しいことを何か探すのはむずかしいものだ。科学技術のあらゆる発見のおかげで輝きわたるような豊穣がもたらされているこの一九三八年にあって、いよいよ本能的に感じられるのは、平和というものはむずかしいということである。ああ！　それ以上である。平和は不可能だということが痛感されるのである。あなた方は私にこんなことまで言わせたのだ！　先ほどは、見えるものを見ながら、論理的で自然な構造物についてあなた方は話した。そして平和は人間の豊かさを養っていた。ところで、一九三八年の構造物は自然ではないとは言えるであろう。何故なら、平和が、反対に、私たちから養分を吸い上げているのであるから。ついには、私たちは、不幸を毎日のように待機することよりも、むしろ不幸そのものを好むようになるであろう。毎日のように待っていても、何をしたらいいのかもう分からなくなっているのである。

つまり、私たちは同じ豊かさについて話しているわけではないのである。

暴力の可能性についての思い違い

もちろんそうだよ。あなた方が今置かれている状態で、あなた方には何ができるだろうか？　農民がよくやる痙攣のような大仰な身振りは別にして。このような行動は、ほとんどいたるところで、いつの時代においても、歴史の壁を血まみれにしてきたものである。あなた方は並々ならない不屈の力を持っている。しかしながら、力をもっていても何も好転するわけではない。不屈の力でさえ、その力が働きを止めると、敗者になる。闘う者は、常に打ち負かされる。両側から打ち負かされるのである。それは時間の問題でしかない。勝利は、勝者が自分の名前を叫んでいる間でも持続しているということはない。天秤の皿は、すでに敗者の方であがろうとしているところである。あなた方がその皿を上にあがらないよう押さえようとしても、無駄である。回転している車輪にその接触面を変えさせようと試みるようなものである。あなたが乗っている自転車の車輪を自由に回転させ、それを傾けようと試みるがよい。それがいかにむずかしいかということが分かるであろう。それは物理的な法則である。その法則から逃れることはできない。歴史をひもといてみるがいい。打ち負かされた者はすべて、彼らを打ち負かした者たちの支配者にふたたびなっている。これもまた物理的な法則であり、その法則を免れることもやはり不可能である。天秤の皿はふたたびあがっていく。何らかの理由で皿はあがっていく。犠牲の好み、文明の卓越性、力の激化、自然の生命力などの理由が考えられる。皿は対等になるまであがり、さらにもっとあがっていく。そうすると、状況は元に戻り、ふたたび同じことが繰り返される。常に打ち負かされ、常に同じことを繰り返すために戦いをして、何かいいことがあるのだろうか？　これは私たちが免れることのできない自然の法則であり、この法則は、征服、防御、内戦、宗教戦争、イデオロギー闘争など、ありとあらゆる戦いと戦争の運命を調節している。暴力が行使されなくなると、すぐさま暴力は打ち負かされる。最高に優しくて弱々しいものに打ち負かされてしまうのである。[前の年代の人々の]暴力の行使が中断すると、そのあとすぐに人生をはじめる年代の人々が、その時点から、それまでとは異なりまったく斬新な力を担って自然に成長する。力あるいは暴力は、物理的法則の調節から免れることはできないのである。力も暴力も、持続する形で自らを行使することはできない。何世代もの人々が力と暴力の使用を支えるために利用されてきたということは認めるとしても、それは上下動する波打つような形の働きぶりなのである。別の表現をすれば、浮き沈みがあるということなのだ。定期的な浮き沈みではないであろう。衰弱の時期があるだろう。強者や乱暴者たちは、すべてを粉砕してしまったと考えて、おそらく剣を手放すことはないだろうが、やはり休憩するであろう。しかし、たとえ四分の一秒だけかもしれないが、ともかく彼らは休むのである。おそらく疲れたからというわけではないだろうが、彼らが暴力をふるって行ってきたこれまでの働きがどういう具合に進んでいるだろうかと様子をみるだけのために休憩するのである。この四分の一秒の休息が(私がたとえを分かりやすくしているのはご覧の通りだが、実際には彼らはこれ以上の休憩をとるだろう)、彼らの敗北の前兆なのである。世界のなかでは、宇宙のなかでさえ、いかなる力も中断なしには持続することはできない。あなた方の力だけが、そんな離れ業を演じられるなどとどうして信じられるだろうか？　この四分の一秒が意味するのはこういうことである。何世代もの人々に相次いで支えられてきているような力の場合には、波打つような動きのなかでの弱いへこみのなかから反対勢力の力が生まれてくるだろう。そしてそこから打ち負かされていた人々の勝利がついに出てくるだろう。そしてその勝利は自らの新たな敗北を目指して活動をはじめるであろう。暴力と力は何かを建設するということがない。暴力と力は人間の働きに報いてくれるということがない。暴力と力は、暫定的なもので満足する人々を満足させることしかできない。西洋にはありとあらゆる文明があるにもかかわらず、私たちは暫定的なもので満足することを止めなかった。今こそ永遠というものに考えを馳《は》せる時であろう。永遠という言葉に怯《ひる》んではいけない。それは五感のうちでもっとも自然な感覚を指しているにすぎないのである。それはあなた方の熟練の技のうちで、もっとも従属的な能力なのである。

偉大さの使用

私は暴力に関する問題についていささか長々とあなた方に答えはじめた。あなた方がその問題について話したよりもずっと長々と答えてしまった。あなた方が無線電信の前で感じた怒りの高まりが、大きな現代病のつかの間ではあったがきわめて深刻な兆しだったからである。それは不名誉ゆえの病気である。尊敬に値する手段を用いることができない現代の人間の無能があらわれている。気高さと偉大さが流失してしまっているので、人間はきわめて急速に中身が空《から》っぽになった。問題を前にして残っているのは動物のような類の存在でしかない。私はあなた方が人間として振る舞う最初の人物であってほしい。私は偶然にあなた方に話しかけているわけではない。あなた方は、みんなが陥っている苦境のどん底にいながら、声をかけられるに値する唯一の存在であるからだよ。あなた方は人間の偉大という感覚を持っている最後の存在でもあるからでもある。さらに、あなた方は永遠の食品を食べて生きていくことができる唯一の存在でもある。あなた方は人間の森を構成しており、その森が大地にじつに魅力的な陰を投げかけている。あなた方がその森を暴力の炎で炎上させるのであれば、世界の奥深くの片隅まで死の光によって照らしていく火事のなかで暴力がすべてを食いつくすだけでなく、暴力はそのあとに砂漠しか残さないであろう。その砂漠のなかでは、何かがふたたびはじまるなどということはありえないであろう。

農民による平和主義《パシフィスム》の理由

あなた方は次のように答えるだろうということが私には分かっている。あなた方は兵士としてあらゆる戦争を体験してきたからだ。「戦闘で殺されてきたのは農民だけである。労働者たちは戦争に賛成とか反対とかの立場を選ぶ権利を持っていない。あるいは、労働者たちがいずれかの立場を選ぶとすれば、それは控え目な態度で――私たちはこの控え目な態度という点を強調したい――永遠に――私たちは永遠にという点を強調したい――、あらゆる戦争に反対だという立場を――私たちはあらゆる戦争という点を強調したい――選ぶことができるのである。何故なら、労働者たちは戦争を行わないからである。平和時に彼らを兵舎に送りこむのは喜劇でさえある。戦争が勃発すると、敵の機関銃の方に前進していく本隊から彼らは引き戻されるからである。金属を溶解するために彼らが必要な工場へと彼らは注意深く移動させられる。そこで彼らは、大砲、飛行機、戦車、化学薬品などの戦争の製品を生産するのである。労働者は戦争について話す権利を持たない。彼は沈黙すべきである。何故なら、平和時であろうと戦争中であろうと、彼が仕事を変えることはないからである。彼が道具を持ち替えることはないのである。銃剣を持つよりも金槌を持つ方が彼は役に立つと言われている。彼が働いている企業は、戦争という状況でごく自然にその機能を働かせている。その企業は、戦争の最中ほど繁栄することはないのだ(労働者が話す権利を持たないということ、あるいはその権利を持つとしても、反対だと言う権利しか持たないということの理由があなた方にはお分かりだろう。一九三八年という工業生産が盛んな私たちの時代において、労働者たちは、全員ひっくるめて、戦争に反対することはもうないのだという理由もあなた方はお分かりだろう)。だから、彼らには沈黙していただきたい(彼らが誠実であれば、沈黙を願いたい。あなた方は先ほど不名誉について話していたのでこんなことを私は言っているのだ)。しかし、私たちこそ、国家に対する最初の身振りを示すべきなのだ[ここから、ジオノは「あなた方」のかわりに「私たち」を用いることによって、農民たちとの団結を示そうとしている]。それは手で持っていた犂を放り投げることである。私たちは銃を手に持っている方が役に立つらしい。私たちの特質そのものが私たちをその方向に向かわせる。大地を相手にする私たちの仕事は特別なものではないと彼らは知っている。私たちの仕事は、私たちの生活や、私たちの家族の生活から、自然に生まれてくるものなのである。私たちが戦場に出発しても、畑は荒れ果てるわけではない。私が言うことを信じてほしい。私たちの妻たちが畑を耕し、小麦の種をまき、小麦を刈り取りはじめるとしても、また、七歳や八歳の私たちの子供たちが勇敢にも自分たちより二十倍も巨大な動物たちを御して働かせはじめるとしても、彼らは愛国心のためにそうしているわけではない。大地を相手に行う労働こそ私たちの生活だからである。何が起ころうとも、死にいたるまで、身体が苦しんでも、隅から隅まで身体のなかをまわりつづける血液と同じである。戦争のあいだ私たちがいなくても、大地は小麦を作りつづけるということを彼らはよく知っている。だが、労働者がいなくては、工場が弾丸を作ることはないだろう。私たちが何かを準備するようなことはないからである。私たちは手仕事をするわけではない。私たちは生活するだけなのだ。私たちにはそれ以外のことはできないのである。私たちは自分の生活を労働と休息に分割しているわけではない。私たちの労働、それは大地である。私たちの休息、それは大地である。私たちの生活、それも大地なのである。私たちの手が犂の柄や鎌の取っ手から離れても、私たちのそばにある手が私たちが熱く握りしめていた道具の上に置かれるであろう。それは女たちの手だったり子供たちの手だったりする。私たちの生活がこうした特徴を持っているので、私たちは馴れなれしく扱われ、何のためらいもなくすぐさま全員が兵舎の方にかき集められてしまうのである。私たち農民は、軍隊の前線であると同時に中枢部でもある。私たちが前進していくすぐ後方で脳髄が炸裂し、腹が切り裂かれるのは、私たちの部隊でのことなのだ。こういう事情なので、私たちは戦争に反対しているということがあなた方にはよく分かったであろう」

暴力による平和

そう、その通りなのだ。そしてあなた方の畑の平穏な動きがあなた方の平穏な心に付け加わる。そして小麦の穀粒や大地や時間であなた方が作るものの緩慢さは、生活に対する友情の緩慢さそのものでもある（それはもちろん戦闘が大好きな熱狂的な人たちの隊列ではない）。あなた方は平和である。しかし、私はあなた方を知ることなくしてずっと以前からあなた方を愛しているわけではない。あなた方とそれほど異なった考え方をしているわけではない私が、あなた方とともに暮らしているのは、あなた方の長所や欠点に囲まれているのが私には快適だからだ。あなた方が私の長所や欠点に触れていいても快適に感じているのと同じである。あなた方のもっとも秘めやかな欲求を、私は知っている。あなた方の生活のなかのもっとも深くまで打ちこまれている計画を、私は知っている。あなた方はその計画をあまりにも深いところに埋めてしまっているので、あなた方にはまるで何の計画もないように思える。しかしながら、間もなく急にあなた方はおそらく、みんなで同時に、行動を起こすであろう。あなた方が人気《ひとけ》のない畑のなかでかがみこんでいるとき、あなた方の心を重苦しくしているあの農民による大きな反乱、私はそれを知っているし、それを是認するし、それを正当だと思う。しかし私は、あなた方には人間としての革命をまず最初に実行する人物になってほしい。その革命のあとでは、農民という言葉が名誉を意味するようになることを私は願っている。その結果として、あなた方のおかげで、私たちが人間に対して信頼感を失うことがないことを、さらに、現在のすべての体制に反対して動きはじめた気高さと名誉が、はじめて、国全体に行きわたっている卑屈さを打ち負かしてしまうことを、私は願っている。これこそあなた方が実行しようと計画していることである。私はそのことはよく知っている。少し前から、あなた方の中から穀粒が芽を出している音が私には聞こえている。その穀粒は間もなく皮が炸裂し、他の男たちより高くまで伸びていく樹木のようにあなた方を成長させていくことであろう。しかしあなた方はそれを暴力ずくで行おうと考えている。暴力に訴えるあなた方の口実のすべてを私は知っている。暴力はあなた方の本性のなかには含まれていない。あなた方は暴力を教えられたのだ。あなた方に無理やり暴力を学ばせた人々に対して、急にその暴力を利用しはじめるのは、結局のところ、論理的である。彼らのことを私が話すのは、彼らを擁護するためではない。あなた方にもまして、私は彼らを嫌悪している。彼らに言及するのは、彼らの敗北が永遠のものであってほしいからである。あなた方の勝利が永遠のものになってほしいからである。その勝利が現在の時間を全面的に廃止し、そこに戻ろうなどと誰も考えられなくなることを、私は心から願っている。

現在の時間

現在の時間という表現で私が何を言おうとしているか、あなた方はよく分かっている。工業の技術が利用されるようになったのはおおよそ五十年前のことである。それは金銭に対する途方もない情熱のはじまりでもあった。この時期まで、金銭を迅速にそして大量に稼ぐ唯一の手段は銀行であった。工業技術は新しい手段――あるいは銀行を改良した手段――となった。これを利用して、人間の手のなかにもっと巨大な資本をいっそう急速に作りあげることができるようになった。かつては仕事と釣り合うことはできず、ただ賭けごとだけと釣り合っていた利益が、仕事とも釣り合うように見えるようになってきた。それと同時に、利益への欲求も合法的なものと考えられるようになった。実際には、仕事が金銭への賭けに変貌しただけの話である。仕事と賭けの違いは、仕事はひとりですることができるし、誰かのために仕事することができるが、賭けはひとりですることができず、賭けをするときはいつでも相手になる誰かがいるというところにある。実業としての賭けが最高に快適に最大の利益を伴って行われるためには、多くの敵がつまり多くの客が必要であった。田園地帯では賭けをすることはできない。そこは働く場所であり、賭けをしている時間もない(賭けをしている時間はなかった)し、賭けをする敵(相手)もいないであろう。実業としての賭けは、それ故に、都市に居坐った。そうすることによって、賭けは人間の生活を変貌させた。すべての賭けの規則に従って、賭けは、まったく斬新で驚異的な十パーセントの幸福という広告を、公然と提供し、告げ知らせ、叫んだ。そして賭けはその幸福を、テーブルにカードを載せて、持ってきた。その通りだった。他方、賭けは同じく斬新で驚異的な九十パーセントの不幸も持ってきた。その不幸は企業の利益の結果だったが、そこに人々の注意を引きつけるのは無益なことだった。四方八方から、人間たちがその新しい仕事台に近づいてきた。人間が巨大な富を獲得しても、人間に賭けを抑制するための手段を与えることのないよう用意万端が整えられた。人間はもはや批判精神も良心も使うことができないのだった。自分の名誉はたっぷりと賭けることにあるとまで、彼には思えるのであった。こういう風に提供された新たな幸福、その幸福を獲得するために働くこと、それが自らを文明化するということであった。それは、人間の文明が自然より優れているということを示すことでもあった。それは孤独の底にいる者にとってはいかほど慰めに満ちていることであろう。そうした幸福の並々ならないところは、人間に新たな喜びの感覚を、つまり自分が神に近づいているという傲慢を、提供するというところにあった。時には策略を感じたり、いかさまの動きの束の間の気配を感じたりすることはあるとしても、そうしたものは仕事の下にしっかり隠匿されているので、人間は自分の五感をもう信じることができなかった。自分の目を、自分の耳を、自分の触角を信じられないのであった。新しい智恵の樹木に対する情熱以外のものは何も見ないことにしようとしっかり構えているときに、それでも容赦なく見えてくるもの、聞こえてくるもの、触れてくるものを人間は信じることができなかった。精神的な価値は、言葉の「本当の」意味が隠れてしまうようにするために、あらゆる「見せかけの」意味を持たせてさまざまな言葉を積み重ねていった。こうして、計算の最後になると——危険な計算をする者が何人かいるときに——、偽りの気高さを帯びている労働という言葉は、それが意味するはずの内容をもう何も意味しないようになってしまっているので、賭けによる殺人まで受け入れさせることになった。仕事台の向こう側でかなりの額の利益金を自分の掌中に積み重ねている人々は、賭けの規則の埒外にいるわけではなく、彼らはそれほど素晴らしい商売をしているわけでもなかった。彼らは新しい九十パーセントの不幸とともに暮らさざるをえなかった。この莫大な利益を使っても幸福を買えないという驚きのために、それまでにもまして常にもっと大きな利益を求めるための行動に彼らは駆り立てられるのであった。こうした希望に絶望的にしがみついている男たちの悲痛なまでの葛藤が、工業技術の発展を飛躍的な速度で促進していった。しかしながら、賭けの法則は変化しようがなかった。法則が生み出す幸福と不幸の割合は常に同じだった。ひとつの犂で効果的に耕そうとしても、その犂に二十頭の馬をつなぐわけにはいかないのだ。結果を変えようとするなら、すべての要因を変える必要がある。つまり一新させねばならない。別の形態へと持っていく必要がある。企業化された社会の形態を変えることはもう不可能だった。本当に豊かになること——それはこの手紙の冒頭で言ったことであり、それこそ私の最大の情熱の対象だと言ったはずである——、それは人間にはむずかしい。そのためには生命の全面的な犠牲を強いられることになる。自分が豊かになっていると楽々と考えられるということが、その利益だと言えるであろう。類まれなものを所有しているといった幻想を抱くことができるのである。容易なものを所有したいという誘惑が、大都会へと、企業銀行がある場所へと、あらゆる国の小さな町の職人たちを引き寄せた(集団的な解決を追究したために必然的に生じた最近の現象である)。広大な大地には、むずかしいものに向き合うことに慣れている人々しかもう残っていない。それ以外の者たちは、小さな限られた空間のなかで著しい割合の人数でひしめき合いながら、狂乱状態にある時でも、彼らはもっと高くもっと濃密なものを追究しようと計画していた。欲求が渦巻く場所に止めどもなく集中して寄り集まっているので、彼らは自分たちが居住している場所を広げようと想像することなどもうできなくなっている。彼らは企業の建物の基礎の上に山積みになることしかもう考えられない(集合体というこの新しい社会的病気は、もはや人間的に解決することはできない。どう考えても集団的解決しか残されていないことは自明の理である。集団性ということは人工の結果であるのは確実である)。こうして、利益を追究するために工業生産の技術を利用してきた結果、大地の相貌が根本的に変わってしまった。

雨や風や太陽や奔流や河や雪などの習慣と、大地の豊穣の度合いの相違のあいだで彼らの住環境を調整することにより、広大な大地を平穏に占有していたこの一群の男たち、大ざっぱに農民と呼ぶことができる仕事、つまり自然と協力しあって行う仕事(そして職人仕事は農民の仕事でもある)に従事している、この地球の津々浦々にいたるまでまるで種子のように広がっていた無数の男たち、彼らの土地に生えている樹木の陰に一様に散らばっていたこの大群の男たち、以上のような男たちが、人工の方向を目指し、自然を見捨てて、安易な暮らしと利益に目がくらんで、都会へと殺到していった。黒い道［都会に出ていく農民たちで黒くなっている道］のせいで、畑は乾燥していった。大地の広大な区画が空《から》になっていった。水門を抜いた池から水が流れ出るときのように、泥と枯れた苔が少しずつ現れてくるのが見えている。私たちの世界の大地を覆っていた葡萄と小麦による植物的な文明のすべてが、まばらになり、痩せ細り、野生の草と孤立した男が見える広大で荒れ果てた島が、その文明のまっただ中に、出現するがままに放置されていた。私が農民とそれ以外の人間を区別しているのは、自然のなかで生きることを望む人々と、人工的な生活を望む人々のあいだで、この時期からそれぞれの出発が選びとられるからである。町はよく太っていた。町は、見たところ、通りや新しい大通りで膨らんでいた。安建材で煙っている郊外は、いよいよ町から遠ざかっていきながら、石工たちの足場をあちこちに立ち並べて、高木が茂っている森林や小さな樹木の茂みなどを切り裂いていった。しかし、工場や製作所の近くに奔流のように押し寄せてくる人々を、都市圏を拡張してもそこに収容することはもう不可能になっていった。階を次々に積み重ねることにより家を高層化し、人間たちの層を別の人間たちの層の上に重ね合わせていった。人間が寝たり食べたりするにはどれくらいの空間が必要なのか測定して、〈生きる権利〉を守るために三部屋や四部屋や一部屋や小さな空間などから成る壁のあいだに境界を設けた。人々は、金を払うことにより、自分はもとより家族たちもそうした空間のなかに入りこみ、その四つの壁のなかで生涯にわたり暮らす権利を持っていた。もちろんのことながら大袈裟でなければさまざまな動きも可能な状態で、生涯にわたって暮らし、恋をすることもできた。しかしながら、少しずついろんなことに対して、それまでとは異なった自然、自由に対してもそれまでとは違う感覚、偉大さに関してもそれまでとは異なった感覚、人生についてもそれまでとは異なった感覚を持つことが求められていた。かくして、産業技術に約束された十パーセントの驚異的な幸福の方に引き寄せられてきた男たちは、新しい九十パーセントの不幸の重みを背負うことになった。その重みは彼らにはすぐには重いとは感じられなかった。十パーセントの幸福が彼らをうっとりさせてくれたからである。重病患者に処方するモルヒネのように、彼らは人間の条件を受け入れていた。そして、九十パーセントの不幸は、自然な物事がすべてそうであるように、並外れて単純なだけだった。彼らがその不幸を感じるのは、もっとあとになってからのことである。それは永遠に牢獄に入っていくことになる運命を告げ知らせる前兆だった。牢獄にいったん入った者は、そこから外に出ることはできなかったのである。彼らが不幸の重みで押しつぶされているあいだ、彼らはもはや自然の肉体は持っていなかった。産業的な幸福というモルヒネに興奮させられた神経の脆弱な骨組が残っているだけだった。もはや肉もなく、血もなく、[健康な]人間を構成しているものはもう何もなくなっていた。本物の栄養を補給していないので、身体はゆるやかに腐敗し、さらに埃のように乾燥し、ついで風の飼料になってしまっていた。自分自身の偉大さを意識する代わりに、彼らは機械が偉大であるという意識を持つことにした。彼らが救援を求めて叫んでも、機械は答えなかった。機械には耳も魂もないからである。彼らが連接棒を始動させても効き目がなかった。機械は人間の不幸に対してどうやって闘えばいいのか知らないからである。機械は人間に自然に生じてくる不幸に対して闘うことができないのである。人間の不幸を屈服させることができるのは、人間の偉大と威厳だけである。人間たちはもう安易なものや人工的なものだけに慣れてしまっていた。彼らは名誉心を発揮するという習慣をなくしてしまっている。名誉心というものはむずかしい道具だからである。人間に昔から具わっている自然の基盤が彼らを刺激してこの〈偉大な武器〉を使わせようとしても、あまりにも軟弱な彼らの手はその武器を扱うことができないのである。

そこで、不名誉、集団的俗物性、狭量さといったものを彼らは利用しはじめた。政治や精神的軽業や責任の回避などによって、彼らは気分を晴らそうと試みた。それはモルヒネに阿片を追加するような行為だった。恐ろしい目覚めを体験した彼らは、死からの解放を荒々しく訴えかけた(彼らのうちでもっとも優れた人たちは、ある夕べ、全面的な絶望に真正面から向き合わされ、彼らの生きる権利が閉じこめられていた小さな間仕切りの壁のあいだで、ひっそり死を迎えることによって解放された)。それ以来、この人工的な男たちの年代の人々は五十回も増殖した「大袈裟に表現されている」。五十回も、彼らが産んだ子供たちが亡くなった昔の人間たちにとって代わった。年ごとに、相次ぐ年代の人々が、そのたびごとにかつての自然を少しずつ喪失した状態で、生まれてきた。毎回、少しずつ多くの毒の必要性とともに、少しずつ力を喪失して、少しずつ機械に対する信頼を深めて、少しずつ打ち勝つ可能性を低下させ、少しずつ希望を失って、彼らは生まれてきたのであった！　私たちは今では、この年代の人々がパンもワインももはや消化できなくなっているという時期にきている。彼らは工業生産の刺激物質からしか養分を摂取しようとしない。彼らは次第に目覚めることがなくなっている。彼らは自分の人生を苦しむという習慣を身につけてしまっている。

重大なのは、彼らが私たちにも私たちの人生を苦しんでもらいたいと望んでおり、彼らが悪による誘惑を感じているということである。以上が、現在の時間に関して私が理解していることである。

農民と現在の時間のあいだにある矛盾

さて、あなた方の反乱を、それも反乱に特有の残酷さを秘めた反乱を私が認めていることはもうお分かりだろう。何故なら、私たちは正確にそういうこととは反対の立場にいるからである。私たちは、自分たちの神のために闘うキリスト教徒の秩序ある壮大な言葉を、いっそうの正当性をこめて、責任をもって引き受けられるであろう！　しかし、農民にとって、状況判断を間違って行う残酷な暴動以上に残酷な結果をもたらすものは何もない。私たちは、産業技術が都会に積み重ねてきた世代の極度の増加が行き着くところまできている時代にいる。都会の方には、自然な人間はもうひとりも残っていない。いたるところで、統御しているのは不自然な人間たちである。いたるところで彼らは法律を定める。その法律はあなた方の人生を規制する。その法律が、国家の政府に、つまり彼らの政府に、あなた方の生命の行使とあなた方の死の決定とを、隷属させる。その法律は、まるで農民であるあなた方など存在しないかのように、振る舞っている。あなた方が持っている自然のすべてによって、自然があなた方の物理的な肉体と社会的な存在に与えてきた偉大で単純な論理的訓練によって、あなた方は彼らとは離れたところにいる。しかしあなた方こそ世界で大多数を占める人間なのだ。いかなる国でも、農民たちが結集すれば、農民たちは、技術的な人々の集団より十倍も大きな集団になるであろう。後者が農民たちをそんな意図はないのに支配しているのはまったくの偶然によるものであり、そうした状態は間もなく変化していくであろうということがすぐさま分かってくるであろう。世界中で、あらゆる国における農民が集結すれば――農民たちは同じ法律を必要としているのだから――、農民たちはたちどころに自分たちの文明の司令部を地上に配置できるであろう。そうすれば小さくて滑稽な政府――現在万事を取り仕切っている人々――は彼らの栄光の日々を終えるであろう。議会や大臣や国家元首たちはまとまって大きな精神病院の壁面を布団張りにした隔離部屋に集められるであろう。農民たちが行う仕事がもっとも重要だということと、農民たちの人数が無数であるということにより、農民という人種はそれだけでひとつの世界となる。それ以外の人間は大したことはない。他の人たちはその毒性によってのみ意味を持っている。他の人たちが、農民という種族のことには関心を持つこともなく、世界と、世界の運命を統率している。だから、あなた方農民は、私があなた方の反乱と反乱にともなう残酷さのすべてを認めているだけでなく、私はあなた方よりもっと反抗的だし、もっと残酷であるということはお分かりだろう。あなた方は自然の力によって突き動かされているのである。それと同じ力が私を駆り立てているのである。だが、私は、彼らがあなた方をどうしようと思っているのかということを知っているために、いっそう苦しんでいる。あなた方が見ている前ですさまじい絶望感で呻き苦しんでいるこの技術分野の世代の人々、紐を結ぶことも結ばれた紐を無雑作にほどくこともできなくなってしまっている調子外れのこれらの人々、生きることができない、つまり世界を知ることも世界を楽しむこともできない人々、この無感覚になってしまったおぞましい病人たちは、かつて農民だったのである。

犂を放棄し、彼らが進歩だと思うものの方に出発した人物を探し出すには、彼らの父親たちから何代もさかのぼる必要はないであろう。この人物の心の奥底で、まったく意味を持たない言葉によって彼が言おうとしていたこと、それは喜び、つまり生きる喜びということだったのである。彼は生きる喜びを求めて突き進んでいったのだ。彼にとって、進歩ということは生きる喜びを意味していたはずである。それでは、進歩が生きる喜びを意味するのでなかったら、どのような進歩が存在することができるのであろうか？　本当の人生を求めて進んでいると考えていた彼がどうなったかということは、もう話さないことにしよう。あなた方が自由自在に呼吸できている状態を急に剥奪されてしまうと想像すれば、彼が次第に呼吸困難の苦しみを味わうようになっていったということはあなた方には簡単に想像できるであろう。彼は自分が死んでいるということを意識することなく、ついに死んでしまったのである。彼の精神的な死が肉体の死よりずっと前に訪れていたからである。やむを得ず毒をたしなむようになってしまい、何か余計な思い出を回想するときに覚える激しい苛立ちを心の奥底で苦しむだけの状態になっていたからである。次のようなことを言えるのは彼のような人間についてである。「父親たちが未熟な葡萄を食べたので、子供たちは歯茎がしみるのを感じている。」〔エゼキエル書〕彼らは現在の世代の人間たちを生みだした。現在の人々は喜びを味わうことができないのが明白なので、絶望して汚物に救済を求めている。つまり工業技術が、ひとりひとりの農民やその世代の農民たちに対してできるのは以上のようなことである。

小麦の収穫を行ったばかりの畑にいるあなた方の家族を眺めてみるがいい。まだたっぷり三分の一ばかりの小麦の穂が残っており、揺れ動く黄金色の小さな壁を作っているだろう。他に影はないので、その影であなた方は横になって休憩している。情け容赦なく照りつける太陽。しかし、この手厳しい闘いにおいて、あなた方は誰でも陽射しから逃れる術をしっかり心得ている。見事な残酷さを発揮する大地の匂いは、その香りの奥にすでに小麦粉の味を秘めている。午後のおやつの時になると、穂の根元が茎などを脹らませてワインの壜を倒したりすることがないようにと、まず切り株を押しつぶしてから、その上に女がタオルを広げる。そこに広げられる食べ物を、今ある状態より美味しそうにすることは何物と言えども不可能であろう。あなた方が自分のために用意した食料より美味しいものはないのである(そして今、あなた方は、収穫をしながら、同じ仕事を続けている。それはごく単純にあなた方の全生涯に関わる仕事である)。食料を生産するためにあなた方が生涯にわたって働いているというこの事実が、あなた方にどれほどの宇宙的な重荷を背負わせているかということを私たちは知ることができない(しかし私たちはその事実を認めることはできる)。

あなた方の仕事はまさしく人々の五感を満足させることにある。あなた方は直接人々の五感を満たしている。また、あなた方は自分自身の五感を直接に満足させてもいる(他の人たちが五感を満足させるのはかならず迂回路を通ってのことなのである)。そしてあなた方はあなた方の五感を至高のもの最高のもので満足させる(他の人たちは他人にもらったものでしか五感を満足させることができない)。あなた方とあなた方の家族は最高度に完全な自由の状態にいる。ここでは、何物も、また誰でもあなた方を操縦することはできない。あなた方が自分で統率するのである(あなた方をあなた方自身と直面させるために、私は意図的に小麦の作業を選んだのである。まず、それこそあなた方が私の手紙を読んでいる今現在にたずさわっている仕事であり、さらに、その仕事のためにあなた方は現在もっとも気を遣っているのである)。私はあなた方が喜々としていると言っているわけではない。それは内面的な事柄なので、あなた方自身の他には何者もそれに関わり合うことはできない。喜びを味わうための条件が、これ以上完璧にあなた方の掌中にあるということは他にはないであろう。どのような政治体制も、喜びをそれ以上に有利な条件で味わえるようにすることはできないであろう。それは、あなた方が食べているあいだ、そしてそのあと女がナプキンをたたみ、ワインの壜に栓をし、小さな子供たちと一緒に小麦の束の紐を捩りはじめるとき、またあなた方と大きな子供たちが鎌を手に取りなおしているあいだに、そしてあなた方が、あなた方のために影を作ってくれていた麦の穂の壁を倒しはじめるようになるときのことである。

そう、自分の姿を見てみるがいい。あなた方が、あなた方を見つめている他人であると考えながら行動するがいい。あなた方は誘惑されなかった人たちの息子なのだ。工業の技術をまったく信用せずに、つねに穀粒を頼りにして生きてきた人たちの、あなた方は子孫である。自分たちの人生や希望を機械に委ねるために立ち去っていった人たちが持っていたのと、同じくらいに激しい生に対する欲求をあなた方の父親たちも所有していた。しかしながら、生きたい、生きのびたいという欲求のもっとも本質的なところにいたるまで、彼らは穀粒に信頼を置いていた。他の者たちが出発していくのを見送りながらも、自分たちは村にとどまったとき、彼らがありとあらゆることを考えたということはなさそうである。私が考えるところでは、もっとも強かったのは、彼らの根の頑丈さであった。しかし本当のところは、穀粒が、人間によって発明されたあらゆる機械よりもはるかに完成された機械であったという事実があるだけなのだ。さまざまな部分を組み合わせ、全体の活動を保証しているボルトは、私たちの想像を絶するような柔軟さと力強さを備えている。それはあなた方の単純な肘や膝が世界中で最高に完璧な装置であるのと同じことだ。彼らが自分たちの畑にとどまろうと決心したその態度には、あなた方にもお分かりのように、しかるべき論理があったのである。日中の明るさだけでなく、日中の明るさを閉じこめている永遠の闇までも見通せる人間には、その恐ろしいまでの真実を内包している世界の真相が見えている。人間には軟弱な精神的な資質と軟弱な肉体的な資質しか具わっていないので、無数の機械によって援助してもらうというようなことがなければ、生きていく喜びを味わうことはできないであろう。それでも、人間の作業を行うのはとても辛いことなので、人間には最高に完璧で最高に力強いさまざまな機械に頼る必要があるであろう。それらは、驚異的な機械［例えば工場の機械］の完璧さを生産することは全く不可能なので、模倣して作りあげた機械なのである。あなたが一握りの種子を蒔くとき、雌羊が開いている太腿のあいだから子羊が出てくるのを待ち、血まみれの子羊をあなた方の両手で受け止めるとき、あなた方の手のなかではいろんな機械が働いている。これこそが、人間存在の真実であると同時に、人間の存在理由でもある。

私はあなた方の反抗に同意する。残酷な行為を行いたいという凶暴な欲求に私は賛成である。しかし、農民にとって、状況判断を間違って行う残酷な暴動以上に残酷な結果をもたらすものは何もない。

現代に対する農民の闘い

1　大きな武器の喪失

しかしながら、暴力によって永遠の勝利が得られるということはない。戦闘に従事しているあいだ、暴力はあなた方をどういう存在に変貌させてしまうだろうか？　あなた方が支配者になるとき、あなた方は支配者になるのにふさわしい存在でありつづけるだろうか？　私たちが自分の本性［自然性」を喪失してしまうと、すぐさま私たちは自然に具わっていた特性まで喪失してしまう。あなた方は暴力とは正反対の態度をとるという長い習慣を保ちつづけてきている。そしてあなた方がそのことにまるで魔法を使っているかのように熟達しているのは明らかである。あなた方にとって、連続する畑と牧草を食《は》む羊たちの群れを眺めるだけで充分である。あなた方は羊たちの群れの守り手(羊飼い)なのだから。あなた方の敵とは、あなた方が自然に具えている素質を喪失してしまっている農民だけである。ある種の哲学的な悪意に翻弄されて、あなた方は、現代社会の状態に反抗しながら、退廃してしまっているあなた方の分身に反抗しているのである。あなた方自身が自分を退廃させてしまうなどということが、それがどのような紆余曲折をたどるとしても、勝利であるはずがないであろう。私があなた方の反抗したいという欲求を知ったとき、あなた方が暴力のことを考えているということが同時に分かったので、私は驚いた。暴力は農民が用いる道具ではない。これまでのすべての歴史を通じて、農民たちの蜂起がいつも暴力に頼ってきたということも私は知っている。それは農民たちが何ひとつ構築してこなかったからである。しかし今では、私たちは蜂起する必要はない。そうした馬鹿げた些細な紛争だけが問題になっているのであれば、私はあなた方といっしょにいたりしないであろう。征服することが問題である。征服し、生きる喜びを決定的に構築する必要がある。それは無数の不安定な感覚の持つ繊細さで成り立っている。今回、あなた方は、自分の生活を救うために絶望的に闘わねばならないだけでなく、つまり農民風の生活を救うために闘わねばならないだけではなく、ありとあらゆる人間たちの生活を救うために闘う必要がある。あなた方がこれから構築していくもの、それを住居にしてみんな（大勢の人たち）が生きることであろう。あなた方がこれから征服すること、あなた方はそれを敵になっている人々にまで分かち与えるようになるだろう。こんなことを言うのは、あなた方の部隊が偉大な道具で武装しているということを私が非常に重視しているからである。その上、その道具は、うまく扱えばあなた方が無敵になれるような類の道具なのである。勝利というものがいかほど簡単に手に入るか分かるであろう。しかし、あなた方が戦闘をはじめようとするとき、あなた方の敵たちはすでにあなた方を制圧してしまっている。戦闘を開始する前なのに、意識の闘いにおいて彼らはあなた方を制圧してしまっているのである。彼らはあなた方の偉大さを引き下ろし、あなた方の威厳の品位をおとしめてしまっている。まるであなた方の偉大や威厳があなた方の武器だと彼らが理解しているかのようである（そうなのだ、彼らはおそらくそのように理解しているのである！）彼らは、自分たちがあなた方よりも巧みに行動できるのが分かっている陣地にすぐさまあなた方を引き寄せてしまった。彼らはあなた方に彼らの闘いを押しつけてきた。そうした闘いをやっていれば、彼らはあなた方を恐れることはないからである。社会において、しかも現代社会において、農民の状況とはいかなるものであろうか？

農民は、〈農地〉［所有物］という言葉とともに働く人間なのである。何よりも先に、農民は「俺の土地、俺の種子、俺の収獲、天気が悪かった」などと言う。農民とは、純粋な個人であり、社会というものを必要とせず、社会を当てにせず、自分自身で充足している人間なのである。農民はまさしく樹木に比較することができる。彼は深く土壌に根を下ろしており、その土壌から栄養を吸収する。彼は自分が暮らしている土壌によって育成されている。彼は土壌の特性とその欠陥をあわせ持っている。彼はその土壌に純粋に付属するものであり、土壌を純粋に表現するものでもある。農民の肉体的な形態や農民の精神の素材は、その土壌の産物なのである。農民は階級でもないし、人種でもない。農民は動物が支配している世界の一部分である。農民は人間である。世界と関わりを持っているのは農民である。農民は社会学では分類することができないが、動物学では分類することができる。農民は、創意工夫の精神的体系には属していない。農民は素材を自然の力によって変形させる。農民は作りだすことはなく、協同作業を行う。農民は物質を生産しないが、自分自身を生産する。あなた方は自分自身を作るということの他には何も作りだしたりしない(私たちは間もなく余剰生産物について話すだろう)。あなた方は自分の生活を直接作っていく労働者なのだ。あなた方は小麦を育てそれを食べる。あなた方は葡萄畑の手入れをし、ワインを飲む。あなた方が育てている果実は、あなた方の知性を発揮して、野生の森からあなた方の果樹園に、移植してきたのである。そうした果実をいっそう豊作にまた美味しいものにするために、あなた方は一種の物質的な智恵を用いてきている。この作業をこなすにあたり、あなた方はあなた方の動脈や静脈や筋肉の欲求に導かれ、支えられてきている。その動脈や静脈や筋肉は、あなた方自身と世界を素材にして、他の動物では到底作ることができないような、きわめて親密な混合物を作りあげている(少なくとも人間が理解できるような観念の次元において。世界との本当の混合物の一般的な意味と、私たちの混合物がいくらか親密なものであるかどうかなどということを知るためには、あらゆる生き物たちがやっているような具合に世界を把握できることが必要であろう。それは、例えばキリギリスや鳥や馬やカラスムギの穂などが世界を認識しているように世界を認識し、このような動植物たちが世界に何を要求しているかを知るということである)。つまり、あなた方はひとつの智恵を用いたのである。あなた方が可能な限り世界と混じり合うために、あなた方はその智恵を利用した。あなた方の身体があなた方の知性に与えた欲求が命じるがままに、利用しただけのことである。(さてここに、智恵というものの本当の意味がある。あなた方は、その智恵に欠けていた簡素、良識、純粋をごく自然に智恵に与えることになる。つまりあなた方は智恵に人間の尺度を付与することになるのだ。あなた方のことを話題にする場合、この人間の尺度についてたびたび話さねばならないであろう。それはあなた方の偉大な特性である。そしてそれは私たちの最後の希望でもある。)要するに、あなた方は直接に人生のために働いている。あなた方が働いていることのなかには、人生においてすぐさま利用できるようなものは何もない。生物学的な存在があなた方の労働を導いている。あなた方の身体の喜悦や、生きることの喜び、それらがその労働の進歩を整えていく。あなた方のどのような野心でさえ、その出発点においては、金属的な[金銭的な]豊かさの方向には向かっていない。その金銭的な豊かさは、自然に発生する諸問題と切り離された知性が計算して出してくる欲求を満足させるよう仕組まれている。しかし、あなた方の野心のすべては、あなた方の感覚のすべての欲求を満足させるのを目的としている食料の富の豊穣をごく単純に望んでいる(この手紙の冒頭で私が話題にしたのはこの富の豊穣であった)。農民を、労働者やブルジョワや学歴のある人間のような、現代社会によって作られた人間と比較するなら、両者のあいだにはいつでも乖離が見られるであろう。農民は長期間に及ぶ目標を追い求めることはない。そうした目標は、時にはそれは純粋に人工的な満足の場合もあるが、ともかく目が眩むような満足を得るための長い犠牲を要求する。これは人間たちが行ってきた常套手段である。社会的な技法が人間たちに働きかけ、英雄的精神に社会的な意味づけを行ってきた。そして英雄は共同社会の奉仕者となった。自分の目標については、農民は毎日それをただちに達成している。その目標は一瞬にして達成される。農民は毎日のように生きることを長々と楽しんでいる。農民は英雄に対して精神的な概念を持っていない。農民が英雄になるとき――そしてそれはたびたび起こることである――、彼は身体全体の激しい要求によって英雄になるよう押しやられていく。彼には自分が英雄になるという〈理由〉がまったくない。あるのは身体だけであり、農民を英雄的精神に運んでいくのは、そうした場合、彼の身体なのである。それは人間の単純きわまりない身体のなせる業である。悪や錯誤に反対して内臓が起こす反乱である。それは哲学的な推論によって得られる栄光よりも、もっと目覚ましい栄光である。人間が持っている非の打ちどころのない優秀さのひとつがかちとった栄光である。純粋な英雄的精神。それは純粋に個人的な英雄的精神である。社会的な原因が要請するあの偽りの英雄的精神、その最高に著名なものは戦場で発揮されると考えられているあの偽りの英雄的精神であるが、そうしたものから私たちは遠く離れたところに位置している。先ほど問題にした社会の要請によって得られる智恵の概念のように、社会の要請によって得られる英雄的精神の概念は、人間を救うどころか、人間を破壊してしまうのである。私たちが農民の意義を社会的な理由に対置するたびに、ありとあらゆる不純な現象が明らかになってくるのを私たちは目撃することになる。社会というものは、人間の気品と偉大を汚し、そこに不純な現象を詰めこんでいったのである。どのような機会であっても、農民はいつでも生きていくために働く。農民の生活にあっては、〈未解決状態〉というものは存在しない。生きているという実感がないまま働くときは、できるだけ早くそれを終えてしまいたいものである。水の底に潜る潜水夫は、遅かれ早かれ、その仕事が完了したら、水面に浮きあがって呼吸ができ、生きることができるという約束が必要である。

　労働者の生活はそのようなものである［潜水夫の仕事に似ている］。さらにこのことも強調しておく必要があるのだが、雇い主の生活も、同じく、そのようなものである。さらに実業家の生活も同じである。学歴のある人物、つまりグランド・ゼコールを出た人物の生活もこうしたものである。そこでは魔法使いの弟子が呪文を唱えていることであろう。会社の人間の生活も同じである。また、あなた方が、社会的な専門技術を備えている人物に話しかけるとき、彼は機械が万事をこなしてくれるので、人間はもう働く必要がなくなる時のことを夢見ているということが分かるであろう。つまり水面に出たら息をしようということだ。一日に数分働くだけでいいと彼は思いこんでいる。機械のボルトを押したり、切り替えスイッチを上げたり下ろしたりするだけでいいだろうと考えているのである。そうだとすると、このような人間はそれ以外の時間はいったい何をするというのだろうか、私たちは彼にそんな風に訊ねてみたいものだ。そうすると彼は、自分の教養を高めている［自分を耕している］と答えるであろう。この哀れな男は、反自然的な彼の状況では、人間の本当の教養［文化］とは自分の仕事に他ならない、つまり仕事こそ彼の生活であるということを、忘れてしまっており、知っておらず、知ることができないのである。しかし、自分の人生が仕事であるというようなことは、これは明らかなことであるが、いかなる技術家の仕事にも当てはまらないのである。農民の本当の仕事がどのようなものなのか、私たちは知ることができない。農民の仕事とは、耕し、種を蒔き、刈り取り、あるいはこうした作業と同時に、新鮮な食糧を食べそして飲み、子供を作り、自由に呼吸するということなのだ。何故なら、こうしたことは万事が密接に絡み合っているので、農民が何かひとつのことを行うと、同時に別のことを仕上げるという風になるのである。こうしたことのすべてが仕事なのである。そして、社会的な仕事という意味では、何も仕事にはなっていない。それは彼の生活なのである。

2　隷属の兆候

すでに、このような生活は正確にはあなた方の生活ではないということにあなた方は気づいている。そうではなく、それはとんでもなく社会的な生活だとあなた方は言うだろう。さらに、誰もが小麦の値段を決められるというわけではない。その決定に際しては会議に次ぐ会議が必要なのである。ウクライナ、ポーランド、イタリア、あるいはその他の国であろうと、今年の収穫量はどれくらいだったのかを知るために、そうした会議の情報を大使館や電報や計算機を通して伝える必要がある。フランスのルヴェスト＝デュ＝ビオン［マノスクの約三十キロ北西の村］の高原で少し遅めに収穫されたとても美しい私の今年の小麦の価格を決めるのは、こうした諸事情である。私が小麦を鶏に与えることができるのか、あるいは私は小麦を青色に塗る［パンを作るための小麦を青色に塗るなどという不条理なことをする］必要があるのか、あるいは車を動かすために小麦でアルコールを作らねばならないのか、こうしたことを決定するのは社会なのである。そんなアルコールでは、車は走らないだろう。あるいは戦車を走らせるためのアルコールを作れば、戦車なら走るかもしれない。私たちが儲かっているのか儲かっていないのか知る必要があるのだから、ただたんに生活しておればいいという風にはいかなくなってしまっている。儲かっているか損をしているか、国防証券を受け取りに銀行に行くのか、借金取りがやってくるのかを知ることが求められているのである。

しかし、あなた方には機械がある。ああ！　あなた方がさまざまな機械を作っているという事実を私は知っている。科学技術はあなた方に〈その幸福〉を提供してくれたわけではないとあなた方は言うことができない。だが、みんなは自分たちのことを構ってくれなかったとあなた方は抗議した。〈みんな〉とは、政府のことを言っている。しかしあなた方は間違っていた。みんなはすでにあなた方のことは考えていたのだから。みんなはあなた方にこの前の戦争に参加させたのであったが、あなた方はまったく反対しなかった。つまり、そういう風にみんながあなた方を扱うことをあなた方は望んでいたということではないだろうか？　だが、心配するには及ばない。みんなはこれからあなた方のことをたっぷり構ってくれることだろう。（あなた方が何故みんなにそんな風に構ってもらう必要があったのか、本当にそんな必要があったのか、その理由は間もなくはっきりと分かるであろう。あなた方は、どうしたらいいのかまだ何も分かっていない子供たちや、何でも受け入れざるをえない肢体不自由者たちと同然に扱われたのである。）

しかしながら、私の言うことには道理があり、農民の生活はこのようなものであるということを理解するためにそれほど年齢を重ねる必要はない。過去の農民のことを話題にするとしても、それほど昔の農民のことを取り上げるわけではない。私くらいの年齢——私は四十三歳である——の男たちであれば、自分たちの父親の農場や、一九一四年の農民やその家族が置かれていた状況のことは覚えているであろう。「さあ、試みてみよう、私たちの役に立つよう農民たちを使ってみよう、彼らがどう言うか注目することにしよう。」当時、社会はこう言った。農民たちは何も言わずに、唯々諾々と社会が言うがままに任せている、ということを社会は目撃した。個人としての英雄的精神の並々ならぬ要請に自分の生活を合致させるよりも、社会的な英雄的精神を信じる方が容易である。それ以来、あなた方は自分たちがどうなっていったかということは分かっているだろう。私と同年齢の人々よ、あなた方は、例えばデュランス河の流域における当時の小麦の刈り取りや、葡萄の収穫や、養蚕の様子などについても覚えているだろう。さらに畑が劇場であったような祭のことなども（私はさまざまな国の農民たちに話しかけているのだが、それは間違っていると否定される心配はないものと考えている。つまりドイツや、イタリアや、ロシアや、スイスや、ノルウェイや、アメリカなどの農民に語りかけているのだが、農民はみんな同じ思い出を共有しているものなのである）。畑には一種の魔術あるいは詩情のようなものがあったことをあなた方は記憶しているだろう（まさにこの通りである。こんなことを言うと、笑われても仕方ないと私は思っている。しかし、社会的な人間だけが笑ったりできるのだ。そういう人たちに笑われても、私は平気である。だが、農民であるあなた方は私が言おうとしていることは分かるはずだ）。

農民は祭のやり方を心得ていた。すでに、二世代の年月のあいだにあなた方がどういうものを失ってしまったかということは、あなた方には分かっているはずである。都会に住んでいる哀れな人間は、すべてを失ってしまった農民なのである。かつては、動作や生活にゆとりがあったものだ。現代という時代や現代の政党が〈ゆとり〉や〈豊かさ〉といった言葉に負わせている新しい意味は、当時にあってはまったく何の意味もない無縁の状態であった。すでに過ぎ去ってしまった時代のゆとりの代わりに、今の時代は金銭を使うことによってはじめて人間の身体に奉仕することができるゆとりというものを作りだしたのである。豊かさについても同じことである。政治家たちは、私が中世紀に戻りたがっているといって私を非難するであろう。政治家たちの発言は気にしないことにしよう。彼らは自分たちが重要だと思うものしか重視しないのだから。ここでは中世紀は問題ではない。問題は自由だけである。自由の光景に接すると彼らはすぐさま不誠実な態度をとるようになってしまうと、最終的には本当に私たちに思いこませるようになるだろう。それほど彼らは自由というものを嫌悪しているのである。過ぎ去ったあの時代のゆとりと豊かさ（その時代は、政治家の目には、政治家たちの見解の埒外で、またそうした見解に逆らって生活が行われていたのであるから、とんでもなく間違っているわけである）は純粋にまた全面的に肉体的なものであった。金銭はそうしたゆとりや豊かさにはいかなる支配力も持っていなかった。それは人々が自分の持っているものを他人に惜しみなく与えていた時代であった。私は説明しなければならない。それは重大な仕事である。それを説明しなければならないというのは、いかほど重大な仕事なのかあなた方にはお分かりでしょう。ジャガイモやインゲンマメやサラダ菜やカブや小麦粉などを人々は互いにふんだんに与えあっていたのである。欲しいだけ受け取ることができたし、ただたんに欲しいと言うだけで充分だった。「これはいりませんか……、何でもいいんだよ……、全部でも。」与える人がこう言っていたのだ。私は法螺は吹いていない。若者たちは、まわりの人たちに訊ねてみてほしい。果実のなる木、例えばモモやスモモやアーモンドやイチジクやクルミやリンゴは、誰でも自由に入っていける果樹園にいっぱい実っていた。欲しい者は自由にとってよかったのだ。私の娘たちが現在食べているよりも、もっとたくさんのしかももっと美味しい果物を若かった私は食べたものだ。靴職人という労働者と洗濯業を営む母親を両親に持つ少年でしかなかったが、今では、相変わらず貧乏であるにもかかわらず、私は、父親が持っていたよりはるかにたくさんの金銭を持っている。そして最高に素晴らしかったのは、みんながつつましやかにそうした果物を食べていたということである。こうしたことが今日起こったら、奇跡に思えるだろう。誰もが競い合って思わぬ授かりものを利用することだろう。しかし当時はそういう風にはならなかった。つつしみということは道徳的な長所でさえなかった。それは身体的な長所であった。みんなが何でもほどほどに所有していた。何かを過剰に持とうというような関心は誰にもなかった。私が与えると呼んでいるのはこういうことなのだ。私が与えるという言葉を提示すると、若者たちよ、あなた方の前に生じたのはこのような尋常ではない状況なのだ。まさしくこの通りなのだ。豊かさというのは、技術的な問題ではなくそれとはちょうど正反対の問題だということがお分かりであろう。すべては本当のことと人工的なこと、両者の問題である。あなた方が追い求めている豊かさ、あなた方が信じている政治的な神秘思想家たちがあなた方に約束してくれるゆとり、それはいずれも人工的なゆとりであり人工的な豊かさである。あなた方が失ってしまったものは、本当にそして単純に、本物のゆとりであり、本物の物質的な豊かさであった。そして、他人に与えていた人物は、精神的な英雄ではなかったし、アッシジの聖フランソワや聖マルタンでもなく、道徳的な英雄でも社会的な英雄でもなかった。そうではなくて、他人に与えていた人物は、物質的な英雄であった。そうした人物たちは、自分たちが所有しているものを分け与えるという英雄的な必然性へと駆り立てられていた。それはただ単純に彼らの肉体が「食べ物があり余っていたので」満足していたからである。英雄的精神は楽しいということを論証しようと詭弁をつかっていると、道徳論が疲れ果ててしまう。私は英雄的精神は楽しいものだと考えている。それこそ英雄的精神の喜びである。正真正銘の英雄的精神は絶対に只《ただ》である。英雄的精神の残骸を力ずくで引きずったりしてはいけない。溺れている人間を水から引き上げるために水のなかに飛びこんだり、幼稚園の出口を横切っている猛り狂った犬と拳をふるって闘おうとするのが自然で愉快な行為であるように、英雄的精神は自然なのである。つまり、あなた方がその行為を行わなかったら、あなた方の全身があなた方にそのことを非難するようになるであろう。そしてその非難は恐ろしい苦痛になってくるのである。

しかし、ところで、私たちがあまりにも多くの富を持ち、それを与えてばかりいたとすれば、それでは私たちはそれを売ったりしなかったのであろうか？　そこだよ、若者たちよ、それこそ私があなた方に言ってほしかったことだ。私たちは売らなかった。そこに問題のすべてがある。しかし、それでは金銭はいったいどうなるのだろうか？

3　金銭

金銭や貨幣、そして豊かさについての現代的な概念、さらにこの新たな人工物、こうした問題に正面から取り組む時が近づいてきた。そこでは私たちは平和と戦争について大いに語ることにしよう。あなた方にはとんでもなく耐えがたい代物だと考えているこの貧困という優れた味覚を楽しむことにしよう。しかし、すべてを程よく並べるためには、農民を現代の社会のなかに位置づけつづける必要がある。言葉の意味はほとんど変えることなしに、いくらか言葉を変えてみる必要がある。それは同時に、農民としての私たちの立場に戻り、生きている金銭と死んでいる金銭の違い、つまり真実と策略の違いを明らかにするためである。農地がなければ、農民は農民としての特質が何もなくなってしまう。農民は農地なしでは生きていくことができない。農地は農民の最初の道具である。農民は給料のために働いているわけではない、と繰り返しておこう。農民はその仕事によって、仲介物なしに、直接生計をたてるために働く。つまり彼が金銭の段階を通過することはないのである。農民はジャガイモを作る。彼はしかるべき時を待つ。彼はジャガイモを引き抜き、洗い、断片に刻み、フライパンに入れる。自分のオリーヴ園から作ったオリーヴオイルあるいは胡桃のオイルでジャガイモを揚げる。そして彼はジャガイモを食べる。農民の仕事は大地から直接口に向かう。それは農民が、普通は、自分の身体の一部分につながっているように、大地に密着しているからである。大地とは農民の土地である。農地は農民のものである。この大地と肉体の直接の関係の何かを変更すると、すぐさま農民は破壊されてしまう。かりに大地と身体のあいだに金銭を置けば、農民は資本家になってしまう。大地と身体のあいだに他人の土地を置けば、あるいは国家の土地を置けば、さらにお望みとあれば共有の土地を置けば、農民は農民としての特質を失い、農民は労働者になってしまう。ともかく農民は破壊されてしまう。農民が労働者より偉大な人間であるということに疑いの余地はない。それは、農民が、世界との関わり方に関して、自然な立場に位置しているのに対して、労働者は人工的な立場に、もっと極端に表現するなら、反自然の立場に位置しているからである。農民が資本家より偉大な人間であるということは、議論するまでもないことである。資本家は人間ではない。彼は世界を表現しない。彼の野心はまさしく世界を表現しないということにある。それは人間の定義そのものの対極にある生き方なのである。

4　安易さ、通俗性

これからしばらくのあいだ余談に入らざるをえない。それはあなた方農民の反論に答えるためではなく、資本家の反論に答えるためであり、同時に労働者の反論に答えるためでもある。あなた方が手にしている卓越した特質のことが議論の対象になるということはあなた方にもお分かりであろう。資本家（資本家と言うとき、私は国家の資本主義も含めて考えている）は、他の人々――例えば労働者たち――が世界を表現する可能性を持てるよう援助するために、資本を提供していると、私に指摘する人がいるであろう。世界を表現するということは、働くことを意味する。労働者は物事をできれば簡単に片付けたいと考えているので、労働者がやっていることは仕事と形容される権利を持っていない（それは仕事ではなくて、隷属あるいは殉教、あるいはあなた方が考えつくどんなに恐ろしい表現でもいい）と私は考えている。それとは反対に、本当の仕事は簡単に片付けたりできるものではないのである。本当の仕事は人生そのものなのだ。こうした違いの他にも、資本家の反論のなかには、現代の人々の習慣に由来する弱点がある。安易さのせいで、私たちがもう使えなくなっている意味をいっそう衰弱させてしまったようだ。私たちはもうじかに身体で物質に向きあう（農民が身体で大地にぶつかるように）ということができなくなっている。私たちはもう困難なことを受け入れられないし、傑作を受け入れられないし、世界との直接の接触を望まなくなっている。私たちはそうした感覚に対して意味を認めることができなくなっている。素手を巧みに使って世界を表現するあの平穏な英雄的精神を、私たちはもう認められなくなっている。肉体と物質との直接的な関係のあいだに、盾や手袋や覆面頭巾やフードや仮面などを置く必要がある。つまり機械と資金が必要なのである。私たちはもうまっすぐ進むことはない。資金を使ってまわり道をする。身体を使って物質にじかに向き合えるようなときでも、そしてそれが自然な姿勢であるにもかかわらず、私たちは身体、資金、物質という風にまわり道をしてしまう。安易さを尊重するといういささか情けない現代にあっては、資本家が言うこともそれなりに理屈が通っている。しかしながら、こうしたことはすべて農民に特有のあらゆる論理のかなり下の方に位置しているということは分かっていただきたい。実際には、現代という時代に成し遂げられる崇高な努力のすべては、こうした資本主義的な通俗性から人間を解放しようと試みる。そうした試みはまだ成功しているわけではない。そうした崇高な努力のひとつであり、私たちの希望の星でもあった共産主義は、成功しなかった。ただ資本主義の形を変えただけだった。人間の本性(自然)を活かすということはしなかった。共産主義は、困難なことを進んで引き受ける英雄的精神を押し進めるということはしなかった。そして安易なことを追究する道をひたすらたどっていった。個人の資本主義を国家の資本主義に変貌させただけのことである。共産主義は国家の資本主義を保存した。資本主義こそ破壊すべきものだったのだ。共産主義は、労働者たちを農民のような自然の人間になるよう高めるべき時だったにもかかわらず、そんなことはせずに、農民たちの方をおとしめて労働者にしてしまった。身体が物質と直接に接触するという体制を確立することが必要なのである。その時、仕事は生活そのものになる。そうすれば、相変わらず見栄えのしない教訓やいつも変わることのない資本主義的な几帳面な言葉を使って、人間を仕事に対して関心を持つよう煽《あお》り立てるなどという必要もなくなるのだ。それなのに、スタハーノフ運動［ソ連の労働生産性向上運動］を押しつけたり、競争や勲章を好きにさせるというわけである。仕事は、それが自然なものでありさえすれば、身体の欲求をごく自然に引き出せるものなのに、そうでない場合には精神的な欲求を煽り立てる必要があるからである。

さらに、私がこの余談をはじめたのは、先ほどあなた方が、私がジャガイモとあなた方の身体について描写した一節のところで、私の説明を中断することもできたからである。あそこには、農民の仕事から作られたわけではない道具が問題になっていた。それはフライパンであったが、そのフライパンのなかではオイルがジャガイモを揚げている最中だった。そこで私たちはよく考えてみることにしよう。オイルが入っていた壜があった。さらにこうしたことを拡大していこう。農民たちには小麦を刈り取る鎌があり、大地を切り裂く犂があり、さらに馬を犂につなぎ止めている革製の馬具がある。こうした道具を作った人たちは、あなた方自身と対等に、世界を表現したことになる。しかも彼らはあなた方と同じほど自然であり、同じほど高貴であり、同じほど必要不可欠である。仕事が彼らの生きる喜びだったからである。大きな文字で書けば［読む者に強く印象付けることによって］漏れてしまいそうな内容を逃さないことがあるが、同じように彼らの労働組合証書に絶えず仕事が喜びだと記入してそのことを確保する必要はない。農民たちは自分たちが仕事する土地を取り上げられてしまったのである。農民たちが集団として工場の土地を与えられたとしても、彼らが土地を返してもらったということにはならない。生きる喜びが同時に得られるということが必要なのだ。工場の土地は人工的な土地である。農民たちにとって必要なのは、自然の土地である。彼らは自分たちの仕事の主《あるじ》でなければならない。そしてこのことが、同時に、あなた方の反抗の意味するところなのである。あなた方が到達しようとしているその高みまで、品位を落とされてしまっている農民たちや堕落してしまっている職人たちを、つまりあなた方の敵と言えるような人たちをも、引き上げる必要がある。あなた方にとっては、暴力に訴えようなどと考えつづけるのはもう不可能である。何故なら、あなた方は自分たちのためであるのと同様に、今では敵になってしまっている人々のためにも、世界を再構築しなければならないからである。

5　農民の土地［所有物］

肺や心臓と同じく農民の生活に必要なこの土地は、完璧に自然なものである。世界の外にあると想定される人工的なシステムにおいてしか、農民の土地を取り上げるなんてことは想像できない。私たちが世界を信頼するとすぐさま、農民と土地との必然性のなかから、あらゆる生き物に共通している必然性が見えてくる。例えば樹木の根のあいだには土があり、樹木をそこから引き離すと、その樹木は枯れてしまうのである。その通りである。現代の社会が人工的なものになっているという証拠(技術が社会に甘受させているこの自然の喪失)は、まさしく、真実の素材に向き合うと、無能な社会は何もできないというところにある。社会は自分に見えているものをもう信じることができない。社会は自分に見えているはずのものが見えないことだって時にはある。社会が見えていると思っているのは、社会が考え出した［創作した、捏造した］ものである。私たちは社会の外側で暮らしておればそれで充分である。そうすると社会と互いに分かりあったりする必要がまったくないのだ。私たちはすでに社会と同じ言語で話しているわけではない。単語だって同じ意味で用いられているわけではない。世界に対する展望が異なってしまっている。あなた方にとって明白なことでも、他の者たちは「どうしたらそんな風に見えるんだい？」とみんな揃って叫び声をあげたりする。農民にとっては、自分の土地が必要だということに疑問の余地はない。土地が必要なことは農民には明白な事実である。農民は土地とともに暮らしているからである。農民は土地とともに暮らしていかねばならない。野生をしっかり保っている動物は、自分の縄張りを持っている。私たちがその動物をそこから追い払っても、その動物は殺されてもいいからその縄張りに戻ってくるのである。何の役にも立たない樹木でも同じことである。樹木にとって生きていくということはとても大事なので、樹木は自分の根と根のあいだに抱え込んでいる土の絶対的な所有者である。宇宙の一般的な体系は、共同体の住人たちが自由に土地を使っていいという風には認めていない。生物たちはすべて物質的な縄張りを所有しており、他のいかなる人物［動物］にもその縄張りの使用を認めるわけにはいかない。それを許せば、自分自身が死んでしまうからである。動物や植物をひっくるめた世界と農民としてのあなた方の関係を考えてみてほしい。あなた方は、自分が破壊したいと思うものの縄張りのなかにずかずかと入りこむ。しかし、あなた方が保存したいと思うものの縄張りは念入りに尊重している。モモの木についているアブラムシに、あなた方はニコチン［殺虫剤］を振りかける。

あなた方は桑の葉を摘んで、それを蚕に与えるだろう（社会が、故郷の人工的な現象にそれが自然であるという外観を捏造し、そしてそれを広めてしまうような場合、いつでもこうした自然の真実が出発点になっている。あなた方は、故郷というものがいかほど小さなものであるかということをすぐさま見抜いてしまうだろう。しかし、その故郷が存在しているのは事実なのである。そしてまた、故郷が存在するためには、あなた方が生きているということを感じる以外の要素を何も必要としない）。農民の所有地は完璧に自然のものである。所有地はそれが何を必要とするかということに左右される。所有地はその大きさ（尺度）に左右される。もっとも重要なのはこの尺度というものなのである。この所有地が度を越して大きくなると、すぐさま自然の特性が失われてしまう。つまり所有地は農民に特有の特質を喪失してしまうのである。所有者の必要性に尺度が合っている故郷だけが、その所有者に順応できるのである。こうした尺度を越えてしまっている故郷はすべて、社会にしか適応できなくなってしまっており、もはや農民の実情には合いようがない。現代社会における二つの巨大なシステム、それは資本主義と共産主義であるが、それらは尺度を越えてしまったシステムである。この二つのシステムはいずれも、農民の小さな所有地を破壊してしまう。農民がそうしたシステムを受け入れるとすれば、農民は一方では資本主義者に他方では労働者になるしか仕方がない。いずれの場合でも、農民は農民であることをやめることになる。

6　降伏した農民

以上はあなた方が反乱を決意したときに、あなた方が理解したことである。その反抗は、まさしく、社会を組織するために採用されるこれら二つの手段に向けられていたのである。しかし、あなた方は不都合を感じることなくこの資本主義社会で暮らしてきたわけではなかった。あなた方の大多数は資本主義者になってしまった。そうした農民たちはもう、大地から肉体にじかに伝わってくるような仕事はやっていない。彼らは大地と肉体のあいだに金銭を介在させるようになったのである。そうすると同時に、彼らの仕事は社会的なものになってしまう。そこに社会的ということがもたらすありとあらゆる堕落が付随するのはもちろんである。彼らの仕事では、生きる理由ということはもう問題にはならない。儲ける理由の方が大事なのである。農民たちはそこでひとつの選択を行ったのである。そのことにより、彼らは農民の暮らしから遠ざかってしまった。彼らがもう一度農民本来の暮らしに戻りたければ、その選択を破棄する必要がある。

7　無益な金銭

農民の最大の敵、それは金銭である。大地と身体の直接的な関係こそ農民生活の象徴であるが、このなかに潜《もぐ》りこむことができるのは金銭だけである。あなた方を社会に屈服させるのは金銭である。金銭こそ、あなた方が闘いを開始する前に、すぐさま、あなた方を持ち前の大きな武器から切り離すことによってあなた方を屈服させた張本人なのである。あなた方に残ったものといえば、暴力という忌々しい観念だけである。この敵(金銭)をちょっと正面から眺めてみることにしよう。一見したところ、立派な紳士のように見える。金銭の奉仕者たちには何も要求しないことにしよう。彼らは私たちには信じられないようなことをいろいろと話すだろう。しかしその紳士に遠く離れて付き従っているにすぎないように思える小物たちを観察してみよう。少し近寄って眺めてみよう。例えば、あなた方が誰かを迎えるような場合、彼らがふともらした言葉や気づかずに行った動作によって、それ自体は大した意味を持たないのに、あなた方は彼らの正体を見抜いてしまうようなことがある。

私は新聞の小さな記事を読んだばかりである。労働者たちは週に四十時間の労働をするということをあなた方は知っている。つまりそれで充分だというわけだ。彼らのこの労働は面白くなくとても苦しいものだ。彼らが情熱を持って取り組めるような仕事だと百時間でも働けるにしても、こうした味気ない仕事は一時間でも彼らにやってほしくない。あなた方と同じように彼らは働くであろうし、労力を出し惜しんだりしないであろう。私の言うことを信じてほしい。労働者を殺さないで生かしておく必要がある社会は、労働者たちが休息するためのわずかな時間を彼らに与える。それはあなた方がラバに休む時間を用意するのと同じことである。こうして会社は労働を四十時間と決めた。会社が製品の生産を高めようとすれば、労働時間を増やす。会社ではあなた方農民の生産物とは事情が違っているのである。あなた方の生産物は、いったん土のなかで準備されると、一定の日にちと時間が必要であり、それが製品になるにはいつでも同じである(しかも、どんな技術も生産を早めることはできない)。しかし工場では、労働者が長く働けば、それだけ長時間工場が稼働し、それだけたくさんの製品を製造することができる。国家は、金銭のために働く労働者たちとの合意の上で、四十時間ではなくて四十五時間にわたって労働者を働かせると決定したというニュースを私はどこかで読んだばかりだ。それがどういう風に行われるかあなた方が知っているかどうか私には分からないが、例えば銀行の紙幣は以下の要領で印刷される。図柄が刻み込まれている金属板があり、その金属板にインクを染みこませる。そして機械を使って紙をその金属板に押し当てると、紙幣が出来上がる。それは千フラン紙幣である。六百キロの小麦の価格よりいくらか高額だ。もう少しで五千フラン紙幣を作ろうというところまで事態が進んでいったということも同じ新聞記事で読んだ。「五千フラン紙幣ができたらなあ!」と人々は考えたのである。どうして作らないことがあるだろうか? 実のところ、それを作るのは千フラン紙幣の場合よりむずかしいわけではない。金属板に五千という文字を付け加えればいいだけのことだ。機械が何の努力をすることもなく紙を金属板に押し当てるたびに、紙幣はできるのである。それは五千フラン紙幣だ。ただ、それ一枚だけで三千キロの小麦を上回る価値がある。あなた方のなかには、六百キロよりも三千キロの小麦のなかにより多くの苦労が詰まっているわけではないなどと考える者はいないであろう。それはともかくとして、もし私たちが取り引きをしなければならない場合、五千という数字が書かれている紙幣と引き換えに小麦を提供するとすれば、その紙幣には一万であろうと十万であろうと楽々と印刷できてしまうのだから、私たちはじつに馬鹿にされているような取り引きに関わっているということくらいすぐに理解できるであろう。何故なら、紙幣の数字が増えるにつれて、私たちの小麦のキロ数を増加させていかねばならないからである。そして私たちの小麦は実在するものなのである。ところが千フランの紙幣は五時間余計に働くだけで作られてしまうのである。

　さて、そこで事情は極端に滑稽になる。そして最高に滑稽なのは、あなた方が損得計算をすることができるなどということを一瞬たりとも考えずに、こうしたことが新聞の記事に冷静に書かれているということである。礼儀からではないにしても、彼らがあなた方の良識に対して抱いている軽蔑を少なくとも隠すべきではないだろうか。これはあなた方の良識に対する軽蔑だけでなく、身体と心を含めたあなた方の全存在に対する軽蔑でもある。戦争への動員の命令以上にあなた方がこの問題を議論したりすることはないだろうということを、彼らは知っているのである。彼らはあなた方を支配しているのだ。彼らがあなた方について考えていることをあなた方に伝えるのに、何故彼らに遠慮してほしいなどとあなた方は考えたりするんだね？

　紙幣製造の作業には週五時間の時間増しで充分だ。そうした事情が真実の関係を決定的に捻じ曲げて、あなた方の栄光とあなた方の偉大さを担っているこの自然を簡単に喪失させるものだということをあなた方は容易に見抜けるだろう。これは本当のことなのだ。このことを少しでも考えれば、あなた方はお人よしの馬鹿者だということが分かる。あなた方を形容する言葉が見つからないほどである。紙幣を印刷する印刷機がとても複雑だということにしてみよう（それはありそうなことである）。そして千フラン紙幣を印刷する仕事を極端に緩慢に行うということにしてみよう。例えば印刷機が一枚の紙幣を印刷するのに十分かかるとする。一時間で六千フランになる。印刷機は三百台あると私は思う。つまり、一時間につき百八十万フランになる。私たちはもうそれと同じ金額の小麦を作ったりすることはできない。紙幣の方は一時間の仕事であるのに対して、私たちの方の労働は……。もうこんなことは考えないことにしよう(小規模な農民である私たちは、百万フランもの小麦を収穫したことなど一度もないからである。一生かかってもそういうことはないし、たとえ夢のなかでもそんなことはありえない)。ところが、造幣局の印刷所の大理石の上に置かれた紙幣の束をわしづかみにした人物が、一時間だけ余分の仕事をしたあと、万事が意味を持っているあなた方の世界にやってくるとしたら、彼はあなた方の農場くらいの大きさの農場を五十軒は買い取ることができるであろう。この人物は、あなた方の小麦畑の規模の五十の小麦畑の所有者になれるであろう。家族の全員が何世代にわたり生きてきた家の五十倍の大きさである。あなた方が持っているような馬が五十頭もいることになる。あなた方の羊の群れの五十倍である。つまり、あなた方が所有しているすべてのものの五十倍に相当する金額である。

この紙切れは、厳密に言えば、素材としてはゼロ、精神としてもゼロなのであるが、ただ慣例として、その紙幣で、あなた方の生活の素材と精神の五十倍のものの所有者になることができるのである。貨幣とは物質の交換を容易にするために採用された慣例にすぎないとあなた方は私に正しく指摘するだろう。また、靴やシーツやその他必要なものを買うために村に出かけるとき、それらと同じ値打ちのある小麦を持っていくよりも、千フラン紙幣をポケットに入れて持っていく方が簡単いるとあなた方は言うであろう。私も同感である。もちろん、私がポケットのなかに持ってい る千フラン紙幣は、私が持ち運んでいったかもしれない小麦と価値が同じであるということが必要なのだ。印刷機を使えば、わずか一時間で、まるで精霊が働きかけたかのように、あなた方の生涯の労働の五十倍に相当する製品を〈作り出す〉ことができるなどということをあなた方は本当に信じることができますか？　そんな値打ちはないはずだ！　しかしあなた方は、それが人間の努力と集中力が作り出す産物のどれくらいに相当するかということを知っている。貨幣が交換の契約を意味するものではなくなって久しい。金銭は今では政府の手段になっているのである。金銭と、あなた方が生産する農産物のあいだには、今ではいかなる関係もなくなっている。しかしながら、あなた方は金銭を入手するために、あなた方の農産物を提供しつづけている。百八十万フランは九十万キロ以上の小麦を意味している。それだけの小麦があればかなりのパンが作れる。九十万キロの小麦はいかなるときにも通用する大きくて柔軟な価値を持っている。それだけの小麦があれば、九十万人の人間を一日養い、生活させることができる。あるいは、ひとりの人間を九十万日、つまり二百五十年のあいだ生活させることが可能だ。一時間余分に働いて印刷されたこの紙幣と引き換えにあなた方が提供しようとしているのが以上のような小麦である。交換の契約などということをもうここでは話すことはできない。あるいは、もしもあなた方がこの契約に署名するなら、あなた方は馬鹿者だと私が言うのも当然のことではないだろうか？

この紙幣の現実的な価値は数サンチームのものであり、現実的にきわめて正確に言うと紙幣に記されている模様は何の値打ちもないし、署名にも何の値打ちもない。交換される物質に均衡がなければ、交換の契約はありえない。安定した価値を前にして、政府の決定だけに従って一から五まで交換の割合を変更できるようなときに、適正な均衡などとてもありうるものではない。

一九一九年、ヴィッセンブール＝ビッチュの近くで、占領軍に対する私たちの戦争は終局を迎えていた。私はたびたびドイツのザールブリュッケンに行くことがあった。国境で、私のフランスの金をドイツのマルクに換金してもらっていた。フランスの五フランに対して二十万ドイツマルクを受け取ることからはじまった。同じ境遇に置かれていたかなりの数の兵士たちもそうしたと思われるが、そうしたドイツ紙幣を今でも何枚か持っている。何しろゼロの数が印象的だったので、私たちはその紙幣を保存したのだった。私が受け取った二十万マルクで、サンドイッチをひとつ買うことができた。それは五十グラムの小さなパン切れである。それは三十九グラムの小麦であり、一本の穂に実っている小麦でもある。しかしながら、少しずつ、私が差し出す百スー［一スーは五サンチームなので、百スーは五フランとなる］に対して次々に三十万マルク、八十万マルク、千万マルクを受け取るようになっていった。だが、受け取る紙幣の数字の価値が高まるにつれて（それにそれはいつも同じ紙幣であって、最初に書かれた金額が赤字で抹消され、新しい金額が黒くて太いインクで印字されていた。わざわざ模様を変更したり署名を変えてみるなどといったことは行われていなかった）、紙幣が次第に豊かなものになっていき、ついにはひと財産ができるほどになるにつれて、その財産でサンドイッチを入手することさえ次第に困難になっていった。千万マルクを差し出しても、五十グラムのパンがもらえなくなってきた。というのは、翌日になると、千万の数字がすでに赤いインクで抹消されており、その上に黒いインクで二千万と記されていたからである。金銭の価値が加速的に変動していくことが、金銭が無意味であるということを明らかにしている。まさしくこのように無意味な金銭を、世界中の農民たちは彼らの農産物と交換するために受け入れているのが現状なのである。

8　農民の文明は金銭なしで育まれてきた。

現代の世界では、私たちはこの無意味な金銭を利用せざるをえない。農民は金銭を利用しなくてもやっていける。農民は金銭など使わなくてもいい。金銭という人工的なものがなくても暮らしていける。しかし、現代世界はこの人工的なものがなくては生きていけない。例えば私の場合を言うと、二人の子供と、私とともに暮らしている私の母と、その他全員で七人が食卓に坐ることになる。パンが必要である、ということはつまり小麦が必要だ。さらにジャガイモ、野菜、肉、ワインなどがテーブルには必要となる。生活が自然食品だけで成り立つわけではないということは私も心得ているが、私たちが何を言おうと、自然食品は生活にとってまず第一に必要なものなのである。人は食べなければ死ぬ、というラ・パリス［一四七〇頃―一五二五、フランスの元帥］の真実を繰り返して言うしかない。簡単至極なことを繰り返さざるをえないと私は言っているのである。現代という時代のここ数年間にあっては、良識という素晴らしい力を用いて人々が推論するということがもうなくなってしまっているからである。最近、まさしく農民の訴訟をめぐって私は若いコミュニストの女性と議論したことがあった。彼女は「靴がなければ、人々はまっとうな考えができません」と私に言いながら、技術の卓越性を主張したものだ。異論の余地はあるが、しかし一応認めておくことにしておこう。食べることなくしては正しく考えることはできないと、一層の確信を持って私は彼女に返答した。技術が必要だとしても、すべての人間たちに食料を供給しているあなた方農民がどういう立場に立っているのかと言いたかったわけである。コミュニストの同志は私の言っていることが分かっていないとすぐさま私は気づいた。彼女は単純なことを理解するという習慣を失ってしまっていた。「食べるだけがすべてではありません、同志よ」と彼女は言った。そういうことは私にもよく分かっている。しかし、私にとってまず重要なのは、この七人の人間に食べ物以外の何かを与えようと手を尽くすよりも、まず食べ物を彼らに供給することなのだ。七人のためにパンやワインや肉を手に入れるために、金銭の無価値さということを避けて通ることはできなかった。この価値がゼロの金銭と交換に、あなた方農民はこのパンやこのワインやこの肉を私に与えることに同意する。あなた方がとても間抜けなので、その金銭の価値がゼロだということを知らないからである。しかし、あなた方がもう間抜けでなくなってしまう日には、あなた方はどうするのだろう？　あなた方がもう交換に同意しなくなると、どうなるのだろうか？　千万マルクと記されていた紙幣を見せても、それと交換にサンドイッチを与えようとしなくなったザールブリュッケン駅の簡易食堂のようになるのだろうか？　そうした日には、あなた方は私の指揮官であり、私の主人となるだろう。私としては、そうした日が到来すれば、どうしたらいいかということは心得ている。私はごく単純にあなた方の真似をし、自分の手で畑を耕すだろう。想像するほど広い畑が必要なわけではない。約二千キロの小麦(それを収穫するための労力は大したものではない、とあなた方は言っている)、千キロのジャガイモ、五百キロのさまざまな種類の緑野菜を収穫する必要があるだろう。それに十頭の雌羊と十羽の鶏と十羽の兎を飼育することにしよう。それだけで充分である。わずかこれだけのことだとあなた方は言う。これをすべてこなすとしても、一年に百五十日も働けば充分だろう。私には分かっている。はじめのうちは仕事に慣れていない私は、あなた方よりいくらか長時間働く必要があるとしよう。それでも私には、もし私に可能であれば傑作を書き上げる時間がたっぷり残されていることであろう。そうした傑作にとっては、屋根裏部屋の葡萄の蔓に囲まれた低い窓辺に置かれた白い材木でできたテーブルほど有益なものは何もない。そしてその窓のところには、時として、生命感に満ちあふれた元気のいいツバメがしがみつき、落ち着きを取り戻し、頭をまわして、私を穏やかな表情で見つめたりする。世界認識の秩序が私のまわりの沈黙に宿っているあいだ、穀物と家畜の飼料の匂いが漂うなかで、さらに私には強制されるものが何もない状態で、万事が私を中心にして回転していく。時間というものは長いのだということに納得した私たちすべてにとって、傑作を創作するための時間がたっぷり確保されることであろう。音楽家や画家もまた農民に舞い戻るようなとき、それはひとつの状態というわけではなくて、奥の深い哲学にふける絶好の機会であり、そのとき人間性の全体的な転倒が生じていることになるのである。ただし、それは全世界のなかに農民の文明がまだ存在しているという場合の話である。

あなた方農民は、私に対して、そして農民ではないすべての人間たちに対して、さらに世界の運命に対して、どれほど大きな力を持っているか理解しているであろう。世界の運命はいつでもあなた方の手に委ねられてきたのである。このことはしっかり自覚しておいてほしい。世界の運命はあなた方以外の誰の手にも委ねられていない。私たちが運命を牛耳っているなどという人物たちがいるとすれば、彼らは法螺を吹いているのである。彼らはあなた方を恐れているので、あなた方から真実を隠している。世界は、あなた方が世界に生きる許可を与えているがゆえに、生きていけるのである。ありとあらゆる美しい希望を想像を絶するまでに破壊しながら現代の時代を生きている恐ろしい虚偽の世界は、あなた方が世界［の住人たち］に生きていけるという許可を与えているからこそ生きているのである。世界はあなた方に生きていくための許可を与えるよう強要しているのである。世界があなた方を隷属の状態に追いこむための武器、それは金銭である。あなた方が箪笥のなかに紙幣をたくさん持てば持つほど、あなた方はいっそう現代という時代の奴隷になり、あなた方はその分だけ農民ではなくなっていく。実際には何の価値もないこの金銭というからくりを利用することによって、反自然的で役立たずの人間たちは自らを養い（食べて、と私は言っている）、そして生きているのである。そして彼らはあなた方を支配し、あなた方の生活の主人になり、この国の農民であるあなた方を、向こうの国の農民たちと敵対するように、つまり国境の向こうの農民たちと戦うように、たちまちの間に、あなた方を戦地に行かせる決定をすることができるのである。それはあらゆる国の農民たちを徹底的に虐殺することになる戦争である。金銭のおかげで［金銭を稼ぐために］、あなた方は自分たちを殺す人々を養っている。一時間に一千万枚や一億枚といった風に、彼らが欲しいだけいくらでも製造できる、現実的な価値はゼロに等しいこのまやかしの交換手段［紙幣］を考慮するがゆえに［交換手段にだまされて］、あなた方は彼らに小麦だけではなく、あなた方の労働が産み出した生産物を彼らに提供するほど間抜けである。あなた方の生産物は、現実的な価値を有し、絶対的に生命を支えてくれるものなのである。そうすることにより、あなた方は彼らが生きていけるという許可と、彼らがあなた方を殺してもいいという許可を彼らに与えているのだ。あなた方が彼らにこの許可を拒絶するのは、じつにたやすいことである。

9　自由な農民

あなた方は金銭を利用するよう強制されているわけではない。あなた方が金銭を使うのは、あなた方が彼らによって堕落させられてしまったからである。私がどうしても買わなければならないもの、それをあなた方は直接自分で生産している。生きていくためには、結局のところ、金銭をふたたび小麦に変える必要があるのだから、あなた方はいかなる必要性に駆られて自分の小麦を金銭に変えるのだろうか？　小麦を直接あなた方の生命のために利用しなさいよ。あなた方は社会性の埒外に位置している。あなた方は、すぐさま、努力をするということもなく、自由で自立した人間になることができる。金銭が一切なくても、あなた方の食卓はつねに最高の食料が満載された素晴らしいものとなるであろう。あなた方が飢えて死ぬということはありえない。豊かであるということは、数字を印刷された例の小さな紙幣をたくさん所有していることだと、あなた方が相も変わらず考えているかどうか知っておく必要がある。金銭を持っていないけれども、ワイン貯蔵庫には良いワインが満ちあふれ、物置には小麦が貯蔵庫には野菜がそれぞれいっぱいで、家畜小屋には羊が、鶏小屋にはニワトリが、兎小屋にはウサギがそれぞれいっぱいいる。彼の周囲の世界と彼の時間は自分の手のなかにあるので自由自在であるような人間のことを、あなた方は今でも相変わらず貧しいと言っているのだろうか？　社会的な関係に応じて豊かさというものが規定される。真実に応じて豊かさが存在する。社会的な関係に応じて貧しさというものが規定される。金銭を持たない者が貧しいと呼ばれる。社会においては、それはつまり万事の終わりということだ。何故なら、金銭を持たない者は、何も所有できないし、食べることもできないからである。そしてそれは生理学的な悲惨であり、それは死でもある。しかし、農民としてのあなた方の状況では、金銭を持たないということは何を意味するのだろうか？　金銭を持たなかったら、あなた方は食べつづけることができないとでもいうのだろうか？　あなた方の小麦は、それを売らなければ、食料としての価値を失ってしまうとでもいうのだろうか？　あなた方はその小麦を昔から農民が使ってきた古い水車でひいているのだが、その水車が電動ではないからといって、その小麦でパンを作れないとでもいうのだろうか？　そのような小麦から作られるパンを食べれば、あなた方は健康でなくなり、あなた方の命がなくなるとでも、あなた方は考えているのだろうか？　そんなことはありえない。あなた方はきわめて単純な暮らしをつづけながら、光り輝くばかりに生きつづけるであろう。あなた方はあなた方自身の生活の絶対的な主人であるだけでなく、他の人たちの生活の絶対的な主人でもある。しかしながら、社会においては、それを貧困と呼ぶこともあるだろう。そのような貧困について私はあなた方に言っておきたい。あなた方の掌中にあるこの貧困はあまりにも決定的に勝ち誇っている武器なので、あなた方がその気になりさえすれば、その貧困は全地球上に平和をもたらすであろう。

10　現在の勝利、金銭に拘束されている農民

「しかしながら」あなた方は言う。「それじゃ、いったい何が起こったのだろう？　あなたが今言ったことは私たちにもよく分かる。私たちが自分の畑の産物を食べておれば、望むだけ、制限なく、いつまでも生きていけるのは火を見るよりも明らかだ。一杯やりたいと思ったら、そんなことはいつでもできるであろう。またあなたが言い忘れていることもある。大地で働くことの苦労が分かっている私たちは、大地の労働をするには、子供がたくさんいればそれだけ暮らしが楽になる。ところが、現代の社会では、十分の九の人間が子供なしで暮らしていかざるをえない（しかしながら、とんでもないことだが、それが喜びをもたらすというのだろうか！）。彼らは生活におけるこの自然の役割を自分に奮発するだけの方策を持っていないからである。この自然の役割は生活において不可欠のものである。子供の喜びを経験したことがない者は、生きるということがどういうものなのかを知らない。あなたの言う通りだということ、そして私たちは、結局のところ、自然の秩序の

なかに入っていくものだということを私は完璧に理解している。私は、私の意識のある部分が急に肉体的に満足するという現象によって、そのことを自明の理として私の心の奥底で発見している。私が苦しんでいた苦痛は何の説明もなく鎮まっていく。ところが、今日にいたるまで、私の苦悩に対して何故私をこんなに苦しめるのかと、あまりにも執拗に問い詰めたものだから私は自分の苦悩を高めることしかできなかった。だから金銭を撤廃しようとするあなたの提案はもっともだと思うし、私は自分の身体であなたの言うことを理解している。身体で理解するということは、何かを理解する最高の方法なのだから。

そうなのだ。しかし、いったい、何が起こったのだろう？　打ち明けて言うと、他の人たちと同じく私たちにも金銭は必要であるとあなたに言わざるをえない。贅沢をしようというわけではない。私たちのなかには金銭を愛するという悪徳にいくらか染まっている者もいるようだ。あなたにもお分かりのように、それは金銭をもっともたくさん所有している人たちである。あなたがまさしく私たちが貧乏であるのを望んでいるように、私たちは貧乏だと言えるだろう。金銭をほとんど持たない農民である。ともかく充分な金銭を持っていない私たちは不幸である。私たちには金銭が足りない。みんながもっと私たちのことを構ってくれるように、また『何ですって、あなた方は私たちが飢えて死ななくていいような法律を作ってくれないのですか？　それでは、私たちが少なくとも自分の生活費を稼げるように小麦の税をいくらか取り除いてくれませんか？』と私たちが議員たちに要求するのなら、そして実際に彼らにそう言うとすれば、それは私たちが気取っているからではなく、私たちが飢えて今にも死にそうだからである。あなたが言っているように、私たちには食べていくための金銭が必要なのだ。

　私は小麦を作った。収穫は、今年は、並はずれている。春の終わりに遅霜がおりた。収穫の半分が駄目になるだろうと私たちは観念した。枯れずに残った小麦は何とか順調に成長していったので、万事がうまく行きそうだった。素晴らしい年になるに違いなかった。私たちが枯れたと思った小麦も、やはり成長してきた。半分の収穫だろうと思っていたのに、豊作と思える収穫より優に三分の一は多く収穫することができた。私の計算では、三万キロから四万キロの収穫があったと思う。今おおよそのところを見積もると、五万キロを大幅に超えていると思われる。ところで、昨年の小麦から私は一スーたりとも受け取っていない。小麦は農協の倉庫のなかにある。二万七千キロの小麦のうち、まだ一キロも売れていない。だから私はすでに一年間もただ働きをしたことになる。今年、私が収穫したのと同じように他の農民たちも収穫している。みんな平年より三分の一くらいは多い目に収穫している。今年の小麦をどうしたらいいのか、誰にも分からない。昨年の小麦がまだ余っているのに、今年の小麦をどうしたらいいのだろうか？　私は二年間無益に働いてしまったようだ。小麦の種子と肥料も無益に浪費してしまった。私の労働のことは話さないにしても、種子と肥料は買ったものだ。それなのにそれらは失われてしまった。私は倉庫に約八万キロの小麦を貯蔵することになるだろう。しかしこの小麦はまったく何の収益ももたらしてくれない。小麦はそこで死んでおり、品質が劣化していく。あなたにはわが家にやってきていただきたい。私たちには三百フランの蓄えもないだろう。息子は中学に通っているので、学費を払う必要がある。娘は師範学校に通っているので、学費の心配はない。しかし妻や私や、私たちと一緒に暮らしている羊飼いは、食べる必要がある。小麦の収穫のために人手を借りた二人の男たち、彼らに食料を与えねばならないし、支払いもしなければならない。さらに脱穀が待っている！　五万キロの小麦をのんびりと楽しみながら素手で脱穀するつもりはない！　[人手に頼るしかないだろうから]支払う必要がある。金銭がいるということはあなたにも分かるだろう。ところで、私たちが行っている労働でさえ、あなたには嫌気を覚えさせている。

あなたも知っての通り、私は怠け者と見なされているわけではない。私と家内は一九一九年にゼロから出発した。私たちはオングル[リュール山麓の小村]の近くで農場を手に入れた。土地の値段はこのあたり[平地]の半分より安い。私たちはすぐさま数年にわたり豊作に巡り会えたのだが、苦労なくしては何も産まれてこない。私たちはいくらかの金銭を貯めたが、財産ができたわけではない。当時、私は今のようには働いていなかった。今働いているような調子で当時働いていたら、私は本物の財産を築いていたであろう。小麦は脱穀しないで売っていた。しかし私が作っていたのはせいぜい六千キロ程度だ。小麦だけを作るというわけにはいかなかった。私は何でも少しずつ生産していたので、それぞれの収穫物はほとんどゼロに等しかった。私たちは作ったものを食べる必要があったので、その残りでは大きな利益を収めることはできなかった。だが数年にわたって豊作が続いたので、私たちはどの作物からも利益を得ることができた。五、六年で、十万フランくらいの金銭の余裕ができた。あらゆることが簡単だった。百頭の牝羊を飼っていた。何頭飼っているかなどということはあまり気にしていなかった。そうした時に子供たちが生まれてきた。しかし万事が順調だった。私はこう考えた。お前が平地の土地を持っているなら、お前は十倍の小麦を作るだろうし、十倍の儲けがあるだろう。十万の十倍で、つまり百万になるだろう。向こう[高地]では私たちは小作地を耕していた。平地にくると、私たちは土地を購入した。私はただちに仕事をはじめた。私はこう考えた。お前はもうあのようなジャガイモや野菜を作って遊んだりしないだろう。この平地でお前は大規模な農法を行うのだ。大地は平坦だし、じつに美しい。畑の端から端まで小麦を蒔くことにしよう」

11　反論

「待ってほしい。私にも言わせてほしい。あなたに八万キロの小麦があるのなら、あなたは一生のあいだに食べるためのパンを持っているということではないか?」

「私の一生が問題なわけではない。私がその小麦を売ることができないというのが、問題なのだ」

「何故あなたは生きることより売ることを優先するのか?」

「生きるためには、まず売る必要があるからだよ」

「ここでも少し待ってほしい。現実的な二つの馬鹿らしさを私たちは考慮する必要があるが、その二つの馬鹿らしさをあなたにすぐさま示しておく必要がありそうだ。最初の馬鹿らしさは、金銭にまつわる馬鹿らしさである。他方、金銭もまた無価値であることが明らかである。金銭の唯一の力は政治的なものであるが、それもまた結局は無価値であることに変わりはない。政府は小麦の値段を百キロ、百六十フランと決めた。小麦がたくさん収穫されすぎて、小麦が売れないときには、価格が下げられる。人々はほとんど只で小麦を入手することができる。これは私が進歩あるいは豊作と名付けている現象である。この産物が確実に生命を養うものであれば、人間が自由に容易にその食料を使えるということは進歩の証であり、根本的に文明的な事実であると私は評価している。また別の人物が言うように、人々が靴に対して好意的に考えるのなら、自分の自由になるたくさんのパンについても同様に好意的に考えればいいと私は考えている。ところで、あなた方の小麦はものすごい豊作なので、小麦は売れない。そこで政府は小麦の価格を百キロ、二百フランに固定しようと計画している。そこまでは政府の馬鹿らしさ具合が見られるが、金銭の馬鹿らしさが問題になってくると、農民のあなたが食べられるようにするために政府は小麦の価格を上げざるをえなくなってくる。あなたは金銭を通じてはじめて食べることができるからである。あなたも政府も、小麦を直接食べることができるとは考えていないのである。そこには、金銭をめぐる気違い沙汰が観察される。

二番目の馬鹿らしさは技術的なものである。あなたにはパンがあり余っている。パン職人が〈合法的な〉小麦で作るパンはまずい、物質的にまずい。どのような医者でもあなたにそう証言するだろう［具合が悪くなった患者を診察したことがあるので］。合法的な漏斗《じょうご》で篩《ふるい》にかけられた合法的な小麦は、リンや、食料になる様々の性質を完璧に取り除くことにより、つまり技術的ではない手順によってパンになる材料を作りだす。それは野生的と形容してもいいような材料である。しかし技術はあなたにこう言う。『昔の手順では穀粒から五十五パーセントの小麦粉が作られていたが、私の現在の手順では穀粒から七十四パーセントの小麦粉を作りだすことができる』と。粉砕の機械的な手順は化学的な成分に介入できない、つまり小麦の穀粒の食料としての割合のなかに介入できない。機械的な手順が十九パーセント余分の粉を作るとしても、小麦の穀粒のなかの十九パーセントの食料にならない部分を混入させるということは避けられないのである。五十五パーセントの素晴らしい小麦粉の代りに、技術は七十四パーセントの凡庸な小麦粉を作りだす。もしも小麦が不足しているのなら、少ししか存在しない粉を増やすということをやってのける技術を祝福すべきであろう。しかしながら、小麦は少ししかない穀物ではなくて、その反対に、あり余っているのだ。しかも素晴らしい状態で倉庫に保管されている。それなのに、私たちは高価な金を払って凡庸な小麦粉を食べているのである。

将来、小麦の豊作のまっただ中でひとりの技師が小麦の穀粒から百パーセントの小麦粉を作りだす手順を発見するとしたら、世界中の人々は奇跡だと叫ぶであろう。技術に関わる予言者たちは、地上の天国の門が間もなく開かれるだろうと世界中の人々に告げ知らせることであろう。二粒の小麦の方が一粒の小麦より価値があるなどというもっとも簡単なことを考える者は誰もいなくなってしまうのである。

これこそ技術の出しゃばりすぎである。
しかし、もっと続けて話してください」

12 極端に走ることの馬鹿らしさ

「そこで私は畑の端から端まで小麦を植えた。十倍の小麦が収穫できたが、十倍の金銭が得られたわけではなかった。私はトラクターを買った。私の妻は出費を記録するための帳面を買った。私と一緒に小麦を刈り取る働き手を二人雇う必要があった。脱穀機にやってきてもらわねばならない。馬を売った。トラクターより馬の方が安くつくこともあるので、馬を買い戻した。十倍の小麦を生産しただけでなく、私の小麦は十倍も美しい。私は小麦の共同組合の一員である。そこで委員を務めている。私には理解できないことがひとつある。統計によれば、二十世紀フランスにおけるもっとも大量の小麦収穫は一九〇三年のことであった。その年の小麦の生産高は百七億キロであった。当時、この収穫は天恵によるものと思われていた。大臣たちは、フランスは確実にこれほど豊饒な大地に恵まれた未来に向かっていくだろうと表明した。科学と、文明の進歩が、ますます豊かな収穫をそれ以降保障してくれるだろう、と彼らは言った。一九三三年には、収穫は百三億キロだった。誰もひとことも言わなかった。大惨事である。一九三八年の収穫はフランスでは約九十億キロだった。私はあなたに正直に打ち明けるが、私は私と家族のことが不安である。来年の収穫まで食べていけるかどうか、家族を養っていけるかどうか自信が持てない。それに来年の収穫はどうなるだろうか？　何を収穫したらいいのだろうか？　私はまだ売れない八万キロの小麦を農協の貯蔵庫に私のものとして持っている。不幸なことに一九三九年の収穫が一九三八年の収穫と同じくらいに豊作であるとすれば、今年の小麦をどうしたらいいのだろうか？　そこに新たに収穫される四万キロの小麦が加わってくるはずである。私にはこの小麦の他には何もない。あなたは私がどうすればいいと思いますか？　そしてもしも不幸なことに収穫が一九〇三年のような記録的な豊作になれば、私や家族たちにとって闘うなどというようなことはもう問題にならないと思う。農場に火を放ち、地面に横たわり、死ぬしか他になす術がないであろう」

「もっと別の解決法があるだろう。あなたの昔の小さな農場に戻ればいいんだよ」

「私に固有の状態についてはあなたに話した通りだ。私たちのような小麦の生産者は百六十万人もいる。他の作物を栽培している農民が七百数十万人ばかりいるが、彼らの場合も私の場合と正確に同じことである。こんなことを言うのは寂しいが、これが真実なのだ。私たち農民ははほとんど九百万人もいることになる。つまりもっとも力強くてもっとも人数が多い。百万人の製鉄業者は国家の骨格にはならないが、九百万人の農民はそれだけで国家を形成する。私たちは食糧を作っていながら、空腹で死にそうだ。私には弟がいる。彼は野菜を作っている。今年、彼は十万キロのタマネギと三十万キロのアスパラガスを収穫した。先日、弟は妻をわが家に来させた。彼女は何のために来たのだろうと私は不思議に思った。私が弟に金銭を貸すことができるかどうか、彼女は打診に来たのであった。彼女たちの地方では五十万キロものイチゴと数百万キロのメロンを生産する農民もいるということだ。個人的な事情を言えば、私はこのところ少なくとも十年のあいだメロンを食べたことがない。私たちの地方では、長いあいだメロンはもう作らなくなっている。イチゴについては、もうその味さえ覚えていない。だが、先日、私の小麦を、何かうまい手を使って、いくらかでも売れるようになっているのではないか調べるために、生産組合の委員会に出かけていった途中で、食料品店の籠のなかにメロンがあるのを目にしたのだが、それは一個四十スーの値段で売られていた。弟の妻は、彼らが暮らしているあたりでは農民たちはみな今にも破産しそうだと言った。仲買業者から送られてきた勘定書を見ると、荷造り代金を支払うのがかろうじて可能なだけの金銭しか残っていないということだった。仲買業者を止めなさいとあなたは私に言うだろう。五十万キロのイチゴがどのようなものなのかよく考えていただきたい、と私はあなたに答えるだろう。そのあとで、私がひとりでそれをすべて収穫し、それらを持って町に売りに出かけるなんてことができるかどうか考えていただきたい。千キロなら可能かもしれないが、五十万キロもあるのだ！　いつでも誰かの助けがいる。その誰かをあなたがお望みの名前で呼ぶがいい。いつでもそれは仲買業者ということになるであろう」

「ここでも、私たちが大量の小麦を作っているこの場所でも、他の農民たちは別の作物を大量に作っている。丘に隣接している土地では、北風が吹きつけてこないところにモモの木が植えられた。それは昔やっていた植え方とは共通するところが何もないような植え方だった。オングルで、私は豚小屋の向こう側に四本のモモの木を植えた。穴掘り器を使って地面にほぼ一メートルの深さの穴を掘った。モモの栽培に関心のある者は、次々とそれぞれ、三十万本以上のモモの木を植えていった。一九二九年では、モモは一キロが七フランだった。豊かな者だけが奮発してモモを買うことができた。モモを収穫した者は裕福になっていった。三十万本のモモの木が植えられた。ここだけのことを話そう。しかし、以前のモモの木一本の生産物が三十万倍になったわけではない。モモの価格は二フラン五十サンチーム、そして三フランになってしまった。しかし同時に奇妙なことが生じてきた。私が植えた四本のモモの木は病気などにかかることなく、非常に厳しい条件のなかで生育していた。オングルの気候はモモには合っていない。きわめて温暖なこの土地の条件のなかで、もっと標高の高い場所ならごく自然に回復してしまうような病気が、まるで三十万倍に増幅されたようだった。向こうでも、モモの葉にアブラムシが止まっているのを見かけることが時としてあった。通りすがりに私は病気の葉を切り取り、靴で踏みつぶした。それで万事片がついた。ここでは、葉にアブラムシが現われると、三日後には、果樹園全体がアブラムシで覆われてしまう。一週間後には果樹園は完璧に荒廃してしまう。ごく自然に行われていたことが本物の戦いになってしまった。害虫と戦うために何百リットルものニコチン溶液が必要となる。高地での戦いは簡単だった。私の二本の指と私の靴だけで、費用もかからず充分だった。ここでは、噴霧する道具、散布するための筒先、葉にニコチンをかけていくための何日もの労力、さらに無償で得られるわけではない溶液。向こうではモモは只であるが、ここではモモが枝に実っているだけで——モモが実っていればの話ではあるが！――そのモモの木の所有者には少なくとも八スーの出費が必要である。七個の大きなモモで一キロになる。計算するがいい。食べたら美味しいだろうなあと思えないような果実もある。そうした果実の皮は灰色でぶつぶつだらけだ。しかしそうした果実も売らねばならない。さもなければ破滅してしまう。美しいモモもブタの餌にするようなモモも、すべてを市場に持っていって売る必要があるのだ。誰でも一キロが二フラン五十サンチームのモモを買うことができるが、真実はモモというのは名前だけのことである。私はモモがどういうものか知っているので、そういうモモを食べるより食べないことを望む。他の農民たちと同じく私も、食料品店の籠にモモがいっぱい入っており、町の人々がその食品に殺到するのを見ると、こうした点では私たちが飢えることはありえないと思う。農民の立場を考えておこう。その果物の生産者は破産している。郵便配達人が仲買人の手紙を配達してくるたびに、生産者は明細書を見る勇気がでない。何故なら、いつものように仲買人が農民の損失を伝えてくるからである。農民の口からパンを取り上げてしまうようなこの仕事を続けることに、農民がどのような楽しみを見いだせると、あなたは思いますか？　社会的な側面を考えてみよう。モモの名にふさわしい味覚と自然さと優秀さを具えているようなモモは破壊されてしまった。モモらしい外観と名前を持っているだけで品質の劣悪な生産品が素晴らしいモモに取って代わってしまったのだ。モモの栽培がピエモンテの谷まで推し進められているイタリアからやってくる非常に美しいモモでさえ、私たちが栽培に成功している非常に美しいモモでさえ、今ではもう美しい丸みと美しい色しか持っていない。味覚のごまかしである。モモの外観は購買者から金を巻き上げるのに役立つので、商業活動として有効ではあるが、もはや人間的な活動であるとは言えない。それは感覚に提供するものは何も持っていないが、飢餓に対しては食物に代用するだけの価値を有している。そして、飢餓はそうすることによって決して満足することはないが、相次ぐ暫定的な食料によって飢えが和らぐ。飢餓は真実を手に入れたいという欲求を抱くことは絶対にないであろう。こうした生活態度が四十年も続き、私たちの世代の人間が消え去ってしまうと、モモが本当はどのようなものだったのかということを知る人はもう誰もいなくなるであろう。大地から生まれる喜びがひとつ消えてしまうことになる。その喜びはもっと安易で実質のない物に取って代わられるであろう。例えば、金貨というものを知らない現代の子供たちのようなものであろう。私には黄金などどうでもいいのだが、説明するためにこんなことを言っている。つまり両者の場合は正確に似通っているのである。私たちは増加しているように「例えば旨い果物を沢山収穫しつづけているように」思っているが、実際は減少している「旨い果物の生産量は減少している」。進歩を遂げているように思っているが、もっと後ろにというよりむしろ下に落ちこんでいるだけの話である。

小麦を持っている私には、モモがない。モモを持っている者には、小麦がない。私にはタマネギもアスパラガスもないが、タマネギやアスパラガスを持っている弟には小麦がない。葡萄を育てている者はパンを購入する。小麦を持っている私は、自分の飲むワインを買う。私は自分の馬のために秣を買う。私にはジャガイモがないので、ジャガイモを買う。私には小麦しかないのだ。私は小麦だけでは生きていけない。私には誰かが作ったジャガイモや、誰かのワインや、誰かの卵や、誰かの羊が必要である。そうした人たちも私の小麦がなければ生きていけない。私の小麦畑の果てで私の力は尽きる。つまり、私は自分の畑で育ててこなかったものを要求しそれを買う必要がある。今のこの瞬間、単純に食べていくために——食べるということは、あなたにはお分かりのように、それほど単純なことではない——、私には金銭がどうしても必要になってくる。みんなと同じ程度に金銭が必要だ。私は、私を統治している者たちの支配者ではない。そして、彼らが私を殺すとしても、私はそうしてもいいと彼らに許可したわけではないが、私には彼らがそうすることを妨げることができない。というのも、彼らは金銭という何よりもまず最初に必要なあの物質を私に供給してくれるからである。私にはこの交換の価値にこめられている真実を統御することはできない。さらに、私の理性が金銭の虚偽性をはっきりと知らせてくれるにしても、その発見が導き出してくれる方向に私の生活を向けて修正していくことはできない。何故なら、時間は切迫しているからである。私は一日に二度は食べるし、私のトラクターのガソリンが必要だし、私の畑という限界を越えると［小麦以外の食料が必要になると］すぐさま呼びかけねばならない人たちに対して私は金銭で対応する必要があるからである。私の食卓に並んでいる食料、この食料に加えて私の生活に絶対的に必要不可欠な食品、こうしたものの百分の一も私は生産しているわけではない。私が生産しているのはパン、パンの原料だけであり、それ以外のすべての食料を得るために、それらを通して、私には他の人たちが必要となってくるのである。彼らも私を必要としている。世の中を統治している人たちから確かに私は自分を守る必要がある。彼らはいとも簡単に私を殺してしまうような企て（企業）のなかに私を取りこんで（雇って）しまうのだということを私は知っているからである。ジャガイモを作っている人、葡萄を栽培している人、タマネギを並べて植えている人、果樹園を見守っている人、羊の群れを世話している人など、こうした人たちはすべて私たちを戦争の方に押しやろうとしている人たちに対して身構えねばならない。しかし、何よりも、私たちは誰でも一日に二回食事をする必要がある。そして、一日に二度食事するためには、私たちが自分で作り出す生産物と金銭との関わり合いの計算を永久にやり直し、その計算を、他の人たちが彼らの生産物とやはり同じ金銭とのあいだで行う計算と何とか平衡状態に置いておく必要がある。そしてこれはじつに辛い作業である。というのも、私たちは金銭の面倒を見るために生きているわけではないということを私たちが感じ取っているからであり、またそれと同時に、私たちは金銭が私の生活と私たちの家族の主人になってしまっているということを知っているからである。ところで、まるで天恵がひらめいたかのように私たちの心が反抗するとき、私たちはもう暴力のことしか考えられなくなっている。それは私たちがそれほど熟慮する必要のない単純な解決法であり、そうしたやり方ならすぐに私たちの身体が満足するからである。それが私たちを根本から治してくれる治療法なのかどうか、それとも一時的な安らぎをもたらしてくれるだけのものなのかといったことを、じっくり自問してみるだけの心の余裕が私たちにはない。それは迅速な治療法である。天恵がひらめいたかのように大虐殺の収穫を想像するだけで、神経は和らぎ拳は緩むのである」

13 職人的な自由の喪失

農民の生活の長所を失ってしまっている農民の見取り図をあなたは示してくれた。農民生活の重要な構成要素である男たちは、自分たちの完全な作品を仕上げることがもうできなくなってきている。彼らの運命は狭められてしまっている。彼らは手際よい暮らしぶりを剥奪されてしまっている。彼らは存在理由から遠ざけられている。彼らがもういかなる生きる理由［生き甲斐］も見つけられないというのは、論理的であり正当でもある。農民が今でもなお大混乱のなかで生きつづけている様子をあなたは私に示してくれたが、それはとりもなおさず農民が死に向かって急いで突進しているということに他ならない。それは自らの死がもたらすごく自然の痙攣である。あなたはすでにあなたのまわりで人々が死んでいくのを目撃してきた。そして解剖学的な興奮が肉体の死に先行するということをあなたは知っている。瀕死の農民の肉体的な素材は、すでに神秘的な混合物のなかで捏ねまわされているようだ。あなた方は同じ状況に置かれている。農民の物質的な素材は、あなたが私に教えてくれた話のなかでは、［死に瀕した肉体と］同じように捏ねまわされているようだ。農民は別のものになるために消滅しようとしているところである。農民は資本主義という病気を患っている。農民の目標はもはや生きることではなく、資金を作り上げることになってしまっている。農民は、生きることは資金を作ることだと考えている。資金は自分に人生の豊かさをもたらしてくれるだろうと農民は考えている。その豊かさには、生活だけでは彼は到達できないのである。あなたは、農民にはもう食べるものがないとまで言った。彼は食べることを求めているのではなく、売ることを求めているからである。農民が間違っているという証拠は、彼がうまく売ることができないというところにある。売ることに失敗するということの証拠は、一般的に言うと、売りたいという欲求に論理的に当てられている人間の労働が、売るという可能性を自ら破壊しているというところにある。それは輪奈《わな》結び「紐で輪を作り一端を引けば締まるようにした結び目」と同じである。生命に向かう動作を行わなくなっている人間は、生命が自分から遠ざかっていったとしても驚くにはあたらないであろう。あなたは梁に釘を打ちこみ、紐を固定し、その紐をあなたの首に巻き付け、踏み台を半分蹴り倒し、『これで俺の首は締まるぞ！』と叫ぶだろう。あなたは何に驚くというのか？　生きていくためには私たちはもっと別の取り組み方をしなければならない。あなたは何を望んでいるのか？　金銭の向こうにあるはずの喜びや、金銭があなた方に約束してくれる天国を望んでいるのか、それともこの世の生活を望んでいるのか？　いずれかを選ぶ必要がある。ひとつのものを追い求めているときには、もうひとつ別のものを要求しないことが肝心である。人間が生きるための理由、それは生きることである。

　生きるための動作をしている農民は、生きている。今にも死にそうな時でさえ、小麦の貯蔵庫を持たない農民は、嘆いたりすることなく完璧に生きている。彼らが小麦の値段を気にしたりすることはない。彼らは仲買人の明細書を持っていない。彼らはタマネギも、果物も、ジャガイモも、肉も買わない。彼らはタマネギも、果物も、ジャガイモも、肉も、あなた方が買わなければならないようなものは何でも自分で〈持っている〉。彼らは農民である。あなた方はもう農民ではない。農民たちはそれぞれ自分の仕事を完璧にこなす。農民には足りないものは何もない。ところが、あなた方は今では仕事の一部分しか行わない。あなた方が生産しないものがあなた方には足りないということに、あなた方は何故驚くのだろうか？　あなた方が生産するもの、あなた方はそれを桁外れに大量に生産する。そうした大量生産の論理的な結果をあらわす気違い沙汰と無秩序の状態に、何故あなた方は驚くのだろうか？　あなた方は自分たちの生活を金銭に従属させてきた。金銭は国家の製品である。自分たちが国家に従属しているということに、何故あなた方は驚くのだろうか？　生きていくためにあなた方以外の誰かをあなた方が必要としているとき、その誰かがあなた方の生活の主人であるということに、何故あなた方は驚くのだろうか？　あなた方の仕事が全面的な自由を保障している状態で、あなた方がその仕事を失ってしまえば、あなた方は同時に自由を喪失してしまうということに、何故あなた方は驚くのだろうか？　あなた方が耐え忍んでいる変化を、職人は全面的に耐え忍んできた。職人は職人としての長所を失ってしまった。その結果、職人は労働者になった。あなた方が何とかしがみつこうとしているもののすべてを職人は失ってしまった。つまり職人は生活と平和と自由を失ったのである。

　私はあなた方に百回も私の父の生活を語ってきた。父は靴職人だった。円筒状に巻いた革にはじまり最後の紐にいたるまで父は一足の靴を自分で作ることができた。巻かれた革は父の手によって加工され、あなた方の足のサイズに合うよう姿を変え、あなた方が履ける靴になるように調整された。父はひとりですべての部品を作り、靴を作るために必要なすべての素材を使用した。それは革、糸、木《もく》タールピッチ、ブタの毛、ロウソク、釘などであった。父は多種多様なたくさんの道具を使っていた。彼は完璧に自分の生活の主人であった。人間と呼ぶにふさわしい人物は自分の生活の主人である必要がある。しかしながら、何というつつましい仕事だったことだろう！　自分が働いている町が気に入らなくなると、彼は住む町を変えた。彼がたどり着いた地方が気に入ると、彼はそこにとどまるのだった。その地方がとても美しいと、父は身体の喜びを満喫するために、散歩に出かけ、世界を楽しむのだった。父は散歩し、世界の喜びを味わった。父は読書が好きだった。父は本を買い求めた。父は音楽を聞くことを望んでいた(当時蓄音機はまだなかった)。そして事実、父は音楽を聞いていた。モーツァルトが存在するということを私が知らなかった時代(しかし私は蓄音機の時代に暮らしていた)に父はモーツァルトを知った。父は親方にちくしょうと言いたかった(それが喜びをあらわすことも時にはある)ので、親方にちくしょうと言ってみたこともあった。それを言うために、父には組合も必要なかったし、一万人の労働者と団結する必要もなかった。父は親方の目の前で、人間対人間として、そう言ったのである。父には何か恐れることがあったのだろうか？　父は自分の仕事を持っていた。父は仕事を器用にこなした。父には自分がどこにいても食べていけるし暮らしていけるという自信があった。一般的な文化という観点から見ると、父はあらゆる文化会館より千倍も文化的であった。父は自分が結婚したいと思ったときに結婚した。自分の望み通りに子供を作った。望み通りにその子供を育てた。望み通りに私を中学に通わせた。誰かの前で父が卑屈になるなどということを私は一度も見たことがない。父は戦争が勃発するまで生涯にわたって歌を歌っていた。

こうした靴職人が、今では靴作りの労働者になってしまったのだ。靴作りの労働者はバタ［チェコの靴工場の創始者］の工場で労働する。その労働者はおしぶちの細革［靴の縫い目を補強するための革］を縫うことができた。父はおしぶちを縫うのに二時間かかった。バタの労働者はそれを半時間そこそこでやってしまう。彼は父より器用だが、彼にはそのおしぶちを縫うことしかできない。彼には靴の全体を組み立てることができない。彼は自分に割り当てられているおしぶちを縫い、その後の仕事は他の者にまわす。彼にとっては不幸なことだが、世界中の誰もおしぶちを必要としていない。みんなに必要なのは出来上がった靴である。バタでは労働者は自分の椅子を離れることはできない。そこから離れると、彼は生きていけないであろう。どこにいても生活していけるだけの腕前を彼はもう持っていないのである。彼はバタの秩序のなかのおしぶちの場所に割りこんでしか生きていけないであろう。死ぬという危険を冒してしか、彼は場所を移動することも生きていくこともできないであろう（というのも、生きていくということは、おしぶちを縫うということとは別のことなのである）。彼はそこにとどまらざるをえないし、そのことを肉体的に自分に課す必要がある。彼は囚人であり、彼の家族も同じく囚人である。そして、一年につき二週間の有給休暇が彼に与えられるとしても、私が言いたいのは、父の永遠に続く大休暇に比べて考えてみると、みんなが目下進歩と名付けているものは深刻な衰退以外の何物でもないということである。私はいつでも父のような靴職人になりたかった。しかしバタの靴職人にはまったくなりたくない。以上が個人的な事情である。次は社会的な事情を考えてみよう。

一九三七年、シャトー＝ケラス［ブリアンソンの南東約二十キロにある村］に靴職人がいた。彼は注文を受けて本物の革で山用の靴をひとりで作っていた。その値段は六十五フランだった。バタで作られた同じような靴は百四十五フランだった。本物の革のことは話さないでおこう。この靴職人とその家族は裕福に暮らしていた。私が彼の仕事場のそばを通りかかったとき、彼は小さな庭を買ったばかりだった。水の入った手桶には、夕方になったら植えるつもりのバラの苗木が漬けられていた。社会的な次元に対する彼の個人的な労働の勝利を読み取ることができた。その製品は出来がよく値段も安かった。今年、私はふたたび彼に会いにいった。彼はおびただしい数の注文を受けたが、それを断る勇気を持たなかった。彼はもう自足できなくなっていた。彼は自足することで満足していなかった。自分に可能な範囲内にとどまることで満足するという人間的な品性を持ち合わせていなかった。彼は三台のミシンと二人の労働者を雇用していた。彼は不安であった。いくつか小さな借金もあった。彼はもうバラの苗木を植えるようなことはしない。どうした事情になっているのか彼には理解できないが、以前ほどの注文はこなくなっている。彼は自分がすでに成功していたのに、そのことを自分で自覚していなかったので、ちょうどこれから成功するような気がすると彼は言っていた。そして彼は自分の靴を百七十フランで売らざるをえなくなった。彼が注文に充分に応じることができていなかったとすれば、そのことは、この土地で、この種の労働には、もう一人か二人の自由な労働者が働ける余地があったということを意味していた。しかし彼はずっと自立しつづけ、三人の規模へとふくれあがることを望んだ。彼はこうして自由を失った。金銭が彼を拘束してしまった。彼にできることはもう二つしかない。まずバタになる、つまり大親分になることである。それは彼が成功すると呼んでいることである。もうひとつの道は、バタの労働者になることであり、それを彼は失敗すると呼んでいる。いずれにしろ、彼は本当の生きる理由を失ってしまうであろう。

14 群衆の隷属化の形成

こうして彼は国家が望むような人間になっていく。現在の国家の目標は喜びを与えることではない。喜びは人々を自由にする。国家は人間たちを絶えず制御しておく必要がある。現在の国家の目標は人間ではなく、国家そのものである。人が金銭のために働きはじめると、人は自分のためにしか働かない。つまりその時、労働の喜びはもう本質的な目標ではなくなる。人は国家のために働く。人はもう生きていない。人は国家を生かしている。現在の国家がもっとも恐れているもの、それは個人である。国家は群衆を操作する強力な手段を有している。事実、国家は群衆をやりたい放題に扱っている。独裁者たちが群衆と化した大勢の人々を広場や競技場に誘導するとき、群衆に話しかけるにさいして彼らは護衛用の装置を必要としない。しかしながら、彼らの正面には、無数の内密の敵対者がやむなくそこにやって来ているのである。しかしこうした独裁者といえども、町の壁の向う側にある森の中に自分たちだけで散歩に出かけるなどという無謀なことは行わない。彼らがそのような森に出かけるとしても、全速力で走る車に乗っており、さらにバイクに乗った警官たちに護衛されてのことである。何故なら、独裁者たちはひとりの敵対者に向き合うことになるかもしれないからである。彼らが恐れているのはそうした敵対者なのである。国家は個人に対してはなす術《すべ》を持たない。国家は個人を逮捕することもできないし、強制することもできないのである。個人は自由自在に自分で何事でも準備することができるし、自分が行動をはじめるその瞬間を選ぶこともできるし、自分が欲する正確な瞬間に間違うことなく行動を実行することもできる。国家は個人に対していかなる束縛も課すことができない。一九一四年から一九三九年にいたるまで、四半世紀にわたって、群衆は何度騙されてきたか数えてみよう。群衆を騙すのは簡単至極なのである。群衆が抵抗したことは一度もない。法螺話にすぐさま感動してしまう群衆は、簡単に行動するよう煽り立てられてしまうが、その結果はいつでも群衆たちの災いとなって跳ねかえってくる。この二十五年のあいだ、世界中の群衆たちが、国家の手の中で踊らされた結果、十一の戦争と四つの革命が成し遂げられてきた。そして人間の運命はいよいよ悲しいものになってきている。運命がもっと悲しいものになっていないとすれば、それは個人による反抗がいくつもあったからである。反抗がひとつあるたびに、私たちはそこに群衆のエネルギーより遙かに上質のエネルギーを認めることができる。例えば、一九一四年の戦争によって生み出された印象［影響］と、故ロマン・ロラン［ロマン・ロランは当時存命中だったが、知的領域では死者同然だとジオノは言っている］の反抗によって作り出された精神状態、両者を天秤にかけてみようではないか。ロランがもっとも力を持っていたのは、彼が個人として活動していたときであった。

現在の国家の狙い、それは蟻塚を築くことである。つまり蟻の大群を作ろうとしているのだ。フランスのような民主主義の国家や、フランスといくらか似ている国々にあっては、社会の組織は白い腹を持っている大きな蟻たちのいる場所を予知している。その大きな蟻とは、人々が養い世話をする女王蟻である。ロシアやドイツやイタリアのようなファシスト独裁の国では、社会の秩序は、きわめて制限された数のそうした大きな女王たちがいる場所しか予知できないので、社会秩序はその大きな腹の唯一の女王に接近することを目標とする。これら二つの体制の相違のすべてはこの点にある［女王蜂とは国を支配している者のことであり、民主主義の国よりファシスト独裁の国の方が、支配者の数が少ないということ］。いずれにしろ、両者にとって進歩は存在しない。

15　自主的行動の破壊と、生きることによって得られる喜びの破壊

国家が私の父のような職人に対して何もできないのは明らかである。父は靴を作ることの他に何かの役に立つようなことは何もできない。そして、靴を作っていれば、父は幸福であった。父をそこから遠ざけようとしても、父をつかまえようとするさまざまな手から父はまるで凍えた水のように逃げてしまったであろう。彼の人生は、自分で作れるものを楽しく自由に作ることであった。作るということは、ひとりで作品を創作するということである。ファシストたちの作品は、多くの人間の手によって作られた作品以外の何物でもない。それらは桁外れの規格の単純な作品である。そ

うした作品には極端という悲劇的な魂が宿っている。ロシアや、イタリアや、ドイツでは、人間の概念が採用されると、それが千倍に増殖される。人間の力が採用されると、それが千倍に増殖される。これは発見ではなく、後退である。人間の本性と英知がこうした手順に決定的な判定を下したのはかなり以前のことである。中国のすべての壁は砂漠の砂のなかをゆっくりと難破している。そしてカッサンドルは、アガメムノンの宮殿の階段で、勝ち誇っている人々に語りかけながら、王たちのやりすぎ[浪費]の暗い翼を人々の頭上に飛ばしている[予言している]。大聖堂は集団で作られた作品ではなかった。それらは次々と作られていった作品である。職人たちが大聖堂のなかで増殖したわけではなかった。職人たちが次から次へと参加してきたのだった。私の父のような職人たちは、こうした社会的関係にとって極度に貴重な役割を果たしてきた。政府や国家の上に位置しているこうした社会的関係が、人間の本物の文明を形成しているからである。職人たちの手から生み出されたものは、生きている。それは、人間が愛情をこめて自然に押し付けることができる、もっとも力強い刻印なのである。それこそ、人間の条件に対する人間の正真正銘の勝利なのだ。曖昧な直感が、人間にそのことを知らせながら、人間の自由と協力して人間の喜びを組み立てる。バタの工場から出来てくる商品は、死んでいる。そこで協力している労働者たちは堕胎を繰り返している[ようなものだ]。労働者の苦悩が報いられることはない。共同で経営されている企業に世界全体が従属しているとしても、それでもやはり羊の群れを見守るためには孤立したひとりの人間が必要であろう。羊たちの番をする機械が発見されるようなことは絶対にない。何はともあれ、不幸な人物のねじれた足に合うような革靴を作るためには職人が、ひとりで仕事をしている職人がやはり必要であろう。この人物の足はバタの模型には似ていないからである。石膏でひとつしかない足の型をとり、木型を切り取り、そこに革の型を打ち付けて、唯一無二の足にぴったり合うように仕上げるには、今ではほとんどいなくなってしまった職人が必要である。その職人は傑作を作り上げるという目も眩むような喜びを味わいながら幸運な靴を制作するであろう。自分の喜びと自分の生活を自由に掌握している私の父のような職人に対して国家が何もできなかったのと同様、あなた方が自分の喜びと自分の生活を自由に掌握している農民だった時には、国家はあなた方に対して何もできなかったのである。そして、職人の両手から生まれてくる物と同じく、あなた方の両手から生まれてくる畑は、生き生きした人間性に満ちあふれた美しい表情を具えていた。それらの表情はそれぞれ多種多様な文化を内包しており、それゆえに人間の全体的な生活を物語っていた。そうした畑を眺めていると、私たちはゆったりとして居心地がよく、心底から励まされるものである。そして、流れていく雲の下で私たちの気持は安からだった。

ところで今、あなた方の畑では、ただひとつの作物が視界の果てまで途切れることなく栽培されているという途方もない光景が見えているだけである。私たちの心は、私たちの多彩な需要のことを思ってみる。あなた方の大地は、そうした多様な欲求にはもう応答してくれない。私たちを絶望させるような緩慢さを伴って、あなた方は単一作物の過剰を私たちに押し付けてくる。小麦という言葉は、ジャガイモという単語や、肉という単語や、果物という単語から、あまりに遠く離れたところにある。素早くて明るい言葉を聞くことによって安心する必要がある私たちの人間としての条件を絶望させながら、あなた方の畑が私たちに返答するときはいつでも法外な混沌を伴っている。昔は、私たちは誰でも希望を抱くという立派な理由を持っていた。私たちはそうした理由を自分の仕事をしながら築きあげてきた。今では、私たちの需要の謙虚さを凌駕するような規模において、私たちはその理由を作っていかなければならない。私たちはひとりで恐怖と向き合わされている。ある種の精神的な外科手術によって、私たちは自分自身を信用するためのさまざまな理由のすべてを断ち切られてしまっている。私たちに集団としての喜びを与えるという口実を設けて、実業家たちは私たちを身体障害者にしてしまい、さらに[戦争における負傷などが原因で]手足が切断されてしまうという特殊な境遇のなかに私たちを閉じこめてしまっている。彼らは私たちに信仰を持つようにと要求する。実業家たちは、それぞれの人間を破壊して、そこから巨大な神の肉体の極小の細胞を組織する。私たちが命令される通りに言うことをきけば、この神は幸福になるだろうと彼らは私たちに約束する。重要なのは、神が幸福になるということではない。重要なのは、私たちが幸福になるということなのだ。しかし誰もそんな風には考えていない。みんなの幸福を作り出すことは輝かしいと考えているのだ。みんなの幸福を力づくで作り出そうとする人間より有害なエゴイストは存在しない。この人物は他の人たちのために自分を犠牲にしているように思われる。ところが実のところ、彼は自分自身の欲求を満たすために情け容赦なく他の人たちに犠牲を強制しているのである。この種のエゴイスムのなかで最も巧妙に懐柔されてしまうのは、若者たちである。若者たちは、国家の絶対的な奴隷になってしまっている。機械を利用することによって職人たちの名誉に傷をつけるのも同じく簡単なことだった。職人たちの手から、傑作を産み出すという可能性が取り上げられてしまったのである。品質を保つという心配りを職人たちの魂から抹殺してしまった。大量生産と高速仕上げに対する欲求を職人たちに持たせるようになった。極端な価値観を植え付けられた職人たちは、人間の偉大さとの本当の釣り合いをもう確立できないようになってしまっている。その間、国家や大物たちは、職人たちに、自分たちの偉大さはかりそめのものだと絶えず話して聞かせる。こうして職人たちは簡単に労働者たちのアリの巣を思わせるような群れになってしまった。残っているのは農民だけである。人間の大多数は農民なのだ。農民は個人として存在する。彼らのところでは個人の力強さのすべてを見積もることができる。機械による労働を利用することによって、職人たちを寄せ集めて塊にしてしまうのは簡単なことだった。そしてすぐさま労働者たちは実業家たちが望む通りに飼い慣らされてしまった。ところが、機械は、農民の個性を喪失させることまではできなかった。農民は最後の最後にいたるまで自分自身の主人でありつづけていた。そして誰も農民を正面から攻撃しようとは絶対にしなかった。彼らは農民を恐れている。ムッソリーニは小麦の刈り取り農夫に扮して農民の前で気取って見せた。スターリンは前言を翻し、農民に丸太作りの農家や、牛や、狭い土地を返却し、何としてでも農民と平和な関係を築こうとした。四方八方、農民は微笑で囲まれている。明らかに、農民という個人がもっとも力強いのである。

16　人間は常に俗悪きわまりない物質の奴隷である。賭け。

農民を撃退するための武器はひとつしかない。それは金銭、貨幣である。それは印刷機にかければいとも簡単に作り出すことができる何の値打もないあの物質だ。壮麗な富をいっぱい背負っている農民をこんなに俗悪な物質で誘惑できるなどということが可能だとはとても思えない。農民は十センチ四方の紙切れと交換に六百キロの小麦を差し出すのだろうか？　そう、農民は小麦を差し出す。農民はどうしても財産を必要としている。この欲求を拡大しさえすればいいのである。三十日で美しい筋肉が得られると約束してくれているあの新聞広告と同じことだ。そして、誰だって美しい筋肉を持ちたいと思っている。筋肉が立派になれば、寿命が伸びそうに思える。私たちは鍛冶屋の筋肉の素晴らしさを称賛してきた。しかし、鍛冶屋と同じような筋肉を所有するには、朝から夕方まで金槌を振るわねばならないということくらい、分かっている。新聞の広告では、美しい筋肉は三十日で得られると保証されている。誰かためらったりする者がいるだろうか？　農民に紙幣の財産の味覚を経験させ、その紙幣の財産は容易に得られると保証しておくがいい。それでも、彼が農民で居つづけるなら、彼の節度［ある態度］そのものが、彼を紙幣の誘惑から守ることになる。自分の労働だけでは、農民はたくさんの紙幣を獲得することはできない。彼には六百キロの小麦が必要だからである。それは、一年間にひとりの男が食べるパンを作れる小麦であり、それだけの小麦があれば十センチ四方の紙幣と交換することができる。人々は農民に賭けをするように仕向けるであろう。賭けというものは、それがどのような賭けであっても、利益が得られるという大きな希望をいつでも保証している。はじめはもちろんその通りである。しかしながら、賭けの誘惑は何と強烈なものであろうか！　農民は、国際的なポーカーを行うための大きなテーブルの席につくよう勧められるだろう。君が六百キロの小麦しか持っていないのは明らかなのだから、君が獲得できるのは十センチ四方の貨幣だけである。しかし、小麦の国際的な取引所があるということは君も承知している。小麦の価格は相場の変動の影響を受けるということも君には分かっている。小麦の価格が上がれば、君は十平方センチの紙幣よりいくらかたくさんの金銭を稼ぐことができる。それは大した金額ではない。もちろん、そうだ。だがしかし、君が、六百キロの小麦ではなくして、かりに六千キロ、あるいは六万キロ、あるいは六十万キロの小麦を持っているとしたら、いったいどういうことになるのだろうか！　いいかい、六十万キロというのは、相当な数字だよ！　君が生産していた小麦の千倍もの量である！　十センチ四方の紙幣に上積みして得ていたわずかな利益が、今ではその千倍にも膨れ上がるんだよ。そのために余分の労働をこなす必要もない。ただ賭けをやりさえすればいいだけのことだ。それがどれほど簡単なことか、君にはよく分かるだろう。三十日で筋肉がつくんだよ！　六百キロの小麦と一年間に男が食べるパンに必要な小麦というような関係を考えてみる必要はもうなくなってしまっている。六十万キロの小麦と関係があるのは、今では金銭だけである。君が家族のために食料を育ててきたこの大地で、君はその食料を引き抜くがよい。アーモンドを提供してくれていたアーモンドの木を引き抜くんだよ。果物を産み出してきていた果樹園で、果樹を引き抜いてしまうんだ。君は果物を〈育て〉たいのか、それとも小麦を〈育て〉たいのか？

小麦を〈育て〉たいというのなら、それ以外のすべてを引き抜くがいい。ジャガイモや野菜や、ともかくすべてを引き抜いてしまえばいい。専門家になるんだよ。賭けをするためのカードを作って、そのカードを、可能な限りたくさんの金銭を儲けられるように可能な限り大きくしておくがよい。テクニックはすべて君の思うがままである。君の畑から、君の家族を養うための食料を抜き取るんだ。もう食料は問題ではない。賭けだけが問題なのである。君は、賭けで獲得するもので、食料を買うことができるだろうし、巨額の紙幣の財産が君には残っていることになる。

もしも君が賭けに勝てばの話ではあるが。

17　賭けの借金

何故なら、賭けで勝とうと目論んでいる者は、負けることにも向き合う必要があるからだ。そんなことは案内書には記されていない。しかし、あなた方が異議申し立てをすれば、こんな答えが返ってくることであろう。「おやおや、これは自明の理ですよ。こんなことをあなた方に伝えるなんてことは無意味だと考えていましたよ。あまりにも自然なことですからね。」あなた方が今やっているのはこういうことである。あなた方はもう農民ではなく、賭博者なのだ。だからして、自由化を求めての戦いにおいてあなた方は前もって叩きのめされていると私は言っているのだ。だから、あなた方は暴力に思いを寄せている。それはあなた方が弱者で絶望しているからである。あなた方は、あなた方の生活とあなた方の家族の生活を自分の力で保証することはもうできない。あなた方は六十万キロの小麦を持っているが、あなた方はすでに賭けで負けてしまっているので、あなた方の小麦はサイロのなかにあるだけだ（そして、かりに今回あなた方が勝ったとしても、心配する必要はない、明日になれば、私があなた方に言っていることが実現するだろう。いつかあなた方は賭けに負けるのである。私たちが負けないような賭けは存在しないからだ）。あなた方は負けたのだ。そして、あなた方の損失が千倍に拡大しただけではなく、あなた方は賭け金のすべてをすっかりなくしてしまっている。しかしながら、あなた方がもう生産していないもので家庭の食卓をいろどる必要がある。そうした食料は生きていくためには絶対に欠かせないものである。あなた方は十平方センチの紙幣を使ってそうした食料を買い求める必要がある。それなのに、あなた方はそうした紙幣を受け取ったわけではない。そうした紙幣をあなた方に渡してくれる人物を前にして、明日、あなた方はいかほどの屈辱を味わうことだろう！　その人物は今では、あなた方の人生と、あなた方が愛している者たちの人生の、絶対的な主人になっているのだ。

そして、あなた方のかたわらでは、もうひとり別の農民が果物を賭けている。そしてその賭けに負けている。彼は三十万キロのモモの詰まっている大きなカードを持っている。しかし、モモに向かって誰も歩みよってこない。彼はカードを手に持ったままである。別の農民は初物の青果を賭け、負けている。また別の農民はジャガイモを賭け、やはり負けている。農民たちはすべて賭けに敗れる（時として勝つ農民がいるが、全体として農民たちは定期的に敗北を重ねている）。というのも、あなた方の正面の賭博のテーブルには、大きな金属業のカードを賭けている人たち、リン酸塩のカウンターで賭けている人たち、化学製品を賭けている人たち、武器調達を賭けている人たち、税金を賭けている人たち、血液の税金を賭けている人たち、さらに精神の税金を賭けている人たちまでいる。そして、あなた方はすべての人たちに対して出資しなければならない。さらに、あなた方が賭けという遊戯のなかに入りこんでいくと、はじめた時にはあまりよく分からなかった規則のすべてが利用できるようになってくる。しかし、その規則に関わる残酷な項目のすべてが、少しずつ暗闇のなかからあらわになって出てくるのである。そして、あなた方が反抗の意をあらわそうとすると、賭けの統括者がランプを掲示板にもう少し近づけて照らし、あなた方の態度が違法であることを示している規則を指で指し示す。あなた方が賭けをするのを受け入れた時にはすでに、あなた方は賭けの規則［のすべて］を受け入れたことになっていたのである。少しずつ、あなた方は、そこから抜け出ることができないような網のなかに閉じこめられているのを感じるだろう。暴力に訴えてそこから脱出しようと考えるのは当然のことである。それがあなた方をそこから自分で解放するための最後の希望なのかもしれない。

18　戦争

あなた方の正面には、戦争のカードを賭けている相手役がいる。国家や、政府や、最高責任者がいる。その責任者は、最後になるとテーブルの上の自分の賭けの手の内を明かしてしまう。彼が賭けているのは戦争である。戦争は、すべてをかっさらってしまう切り札である。あなた方は自分の下着まで賭けたし、自分の身体まで賭けたし、自分たちの子供まで賭けてしまった。どんな物でも構わず、あなた方はすべてを与えてしまった。ここは、まるで賭博場である。賭けの借金は神聖なものなのだ。それは戦争である。あなた方は支払わねばならないのだ！　すべてを差し出しなさい。あなた方は賭けですべてを失ってしまったのだ。あなた方はすべてを只で差し出さねばならないということに、この時になって急に気づく。気の毒だが、どうしようもない。あなた方は賭けをして、負けてしまったのだ。支払う必要がある。あなた方の持ち物は、もう何もない。あなた方の両手だって、今ではあなた方のものではない。前に歩いていくんだよ。あなた方を畜殺場（戦場）へと、あなた方をあなた方の子供たちと一緒に押し進めていく理由をあなた方に説明する必要さえないんだ。あなた方は肉体も持ち物もすべて、賭けの勝者のものになってしまっている。これは神聖な事実である。軍楽隊の音楽がファンファーレで規則の項目を演奏している。規則は「武器を取れ、市民たちよ！」と高らかに宣告している。

物事がこういう風に展開していくのは、きわめて論理的だと私は思う。私は、戦争をこうして論理的で理性的なものにしていくことをやめようとしない男たちの利益をはかるために、平和を守ろうとしているわけではないということを付け加えておく。平和主義者《パシフィスト》であるだけでは充分ではないのだ。たとえそれが心の奥底から「ほとばしり出た気持」であろうと、断固とした誠実さを伴っているとしても。そのパシフィスムが、あなた方の人生のあらゆる行動を導いていく哲学になっていることが必要なのである。それ以外の行動はすべて軽蔑すべき卑怯なものでしかない。

19 農民の堕落

今年、フランスの農民であるあなた方の資源は、金銭に対して情熱を燃やしたのが仇となって、すっかり尽き果ててしまうという羽目におちいっている。テーブルに積み上げられているあなた方の生産物という賭け金は、それがとても豊かであるがゆえに、何人かの賭博者の手のうちにある主要なカードを招き寄せているところである。戦争がやってくるだろうと、あなた方は感じている。あのカードはあなた方自身の破滅を招くものであるということはあなた方にはもう分かっている。あなた方は、次第に広がっていく脅威の陰に覆われてしまっている自分の子供たちや自分の果樹園をもう直視することができない。私にはあなた方が心の底からのパシフィストだということが分かっている。しかしながら、一九三八年現在、あなた方の賭けの相次ぐ失敗によって、あなた方はほぼ完璧に支配者の掌中におさめられてしまっている。あなた方は、国家に、そして国家の金銭に従属している。小麦が今でも食べられるかどうか、あなた方にはもうそんなことさえ何も分からないのだ。今年、あなた方は、国家に、忌まわしい豊作のおかげであなた方の物置に仕舞いこむことができたあの小麦の一部分を買い取ってもらえるように、あなた方は最悪の卑劣な態度を取ったばかりである。国家はあなた方の小麦を買った。さあ、お金だよ。食べてください！　あなた方と国家の関係は、あなた方が飼っている豚とあなた方の関係と同じである。食べるんだよ。あなた方の飼料桶に飼料はいっぱい詰まっている。しかし、国家はあなた方の小麦をいったいどうしようというのだろうか？　国家には口がない。国家は、小麦が足りていない者がいれば国境など度外視して誰彼の区別なくその小麦を分配すればいいと、あなた方は言うかもしれない。国家を何者だとあなた方は考えているのだろうか？　与えるということは、賭けのあらゆる規則に反している。与えるという行為は、平和的な行為である。国家はそんなことは絶対にしない。国家はあなた方の小麦をアルコールに加工しようと決定した。私はもう少しで反対を表明するところだった。小麦のアルコールなど飲めない。しかし、このアルコールは戦車のモーターの動力源になるのだと聞き知った。さらに、このアルコールを使って、化学者たちは数キロメートル四方の人間たちを殲滅《せんめつ》することができるような極度に有毒性の強い製品を作ろうと目論んでいるということである。そうすればいよいよ戦争が充実するであろう！　そこで、私は賭博の論理を賞讃した。そして私はもう抗議を表明しないことにした。化学者たちが私たちに対して行ってきた仕事にはじつに素晴らしいことが何かありそうに思えるからである。私たちの生命の糧であった小麦を、化学者たちは死者たちの糧に変えてしまったのである。だからして、労働者たちと同じく、あなた方農民たちも、今ではもう戦争について議論する権利がなくなってしまっている。あなた方はもう戦争を拒絶する権利を持っていないのだ。これは全員が賛同して決めてしまったことである。小麦を蒔くということは、今では戦争を推進する行為になってしまった。戦争の原因になっているのは、化学者たちが小麦に受け入れさせたあの変質であるなどとは、あなた方に考えていただきたくない。いやそうではない。戦争の原因は、自分を養うのに六百キロの小麦で足りるのに、人間が六十万キロもの小麦を持っているというところにある。この余剰の小麦を他人に与えないという態度が、戦争を推進する行為になってしまうのだ。六十万キロもの小麦を生産するのは大変な骨折りであり、苦労して作ったその小麦を他人に与えるのは適切なやり方ではない、とあなた方は私に言うだろう。本当のところは、そんな骨折りをやってみるのは適切な態度とは言えないということなのだ。平和とは、節度を具えている人間の美点のことである。

20　農民の悲惨

こういう事情で、私は抗議を表明しなかった。しかしながら、今後あなた方の畑を横切るのは不愉快きわまりない。教科書を詰めこんだカバンを持って学校から帰ってくるあなた方の子供たちの、明るい目やぽっちゃりした頬を見つめることが私にはできない。子供たちが草のなかで殺戮されているのが、放棄された大地のまん中で子供たちの腐った身体から水分が染み出てくるのが、私には想像できる。そして、あなた方、子供たちの父親であるあなた方が、無意識に落ち着いた態度で子供たちを殺すという仕事に没頭しているのが私には見えてしまう。私は国家に対しては反抗の態度を示さなかったが、それはこのような着想がすぐさま思い浮かんだからなのだ。もしも私がそのような不毛の態度[国家への反抗の態度]を見せることで満足していたならば、私は自分自身を深く軽蔑したであろう。そんな態度に出ても、彼らがどれほど巧妙に賭けを操ることができるかということとを見るだけで、まったく無意味だということは簡単に予想できるからである。近代的な権力が獲得されてきた様相を考えてみれば、賭けにおける素晴らしい切り札を考え出してきた者［国の制圧者］が、私のような人間が国家の冷酷さや残酷さを指摘したからといって、気前よく権力を手放したりするはずがない。そんなことをするよりも、私は、あなた方に手紙を書き、あなた方に言いたいことをすべて、自由に遠慮なく、打ち明けることにした次第である。あなた方にとっては不愉快かもしれないが、私は自分が真実だと考えていることを、あなた方に率直に伝えている。とりわけ、こうした真実はあなた方には不愉快きわまりないのは、それがあなた方の考え方に強く訴えかけていくからなのだ。私はあなた方に気に入られようと思っているわけではない。私は問題を明らかにしようと考えている。両者はまったく別のことなのだ。私個人は何の意味もない人間である。私はあなた方のすべてに話しかけている。可能な限り多くの農民に話しかけたい。可能ならば、国境を越えて、ありとあらゆる農民に訴えかけたいのだ。私はこのことに全力を尽くしている。しかし、あなた方の損得勘定については、あなた方のために誰かが代わりになってそれをやるという訳にはいかない。私がここでどこかの親分のために鞍を用意したりすることはない。私は意味もなく誰かに命令してほしくないし、誰かに意味もなく命令するなんてことも私には金輪際耐えがたいことであろう。

あなた方が無意識に落ち着いた態度で子供たちを殺すという仕事をしていると私が言うとき、これは事実ではない。これが真実の外観だということは私にも分かっている。あなた方の心の中の最高に感動的な欲求の奥底が、私には分かっている、とあなた方に言っているのである。あなた方の食卓のまわりに集まっている息子たちや娘たちの小さな頭を黙って数えた後で、夢見るような目をしているあなた方の姿を、私は何度も目にしたものだ。あなた方がもう失ってしまった栄華をあなた方は何度も何度も心のなかで、私の表現によれば、反芻していた。その栄華とは、あなた方の父親の時代の思い出にすぎない。それは、その時代をあなた方が自分たちが今生きている時代と心のなかで比較していると、思い浮かんでくるものなのだ。あなた方が日々営んでいる労働が人生を保証してくれるのでなかったら、私たちの人生を保証してくれるようなものは何もないということを、あなた方は充分に承知している。あなた方は、労働があなた方の手のなかで泥だらけで重いものになっていくのを感じている。あなた方の労働を少しずつ妨害している新しい障害が、あなた方が生きていくのを直接妨害するようになってきている。あなた方は、力が尽き果てて、犂《すき》と人生の両方とも放棄しなければならないような時が訪れるだろうということを感じている。すでに現代の時代を、あなた方は不可能な時代と呼んでいる。ところが、豊かな富をもう満載できなくなっているテーブルのまわりに集まっている自分の子供たちを見つめているあなた方は、それほど昔のことでもないのに、十四人や十五人の子供たちが大地の豊穣のおかげで楽々と食べて暮らしていた時代のことを思い起こしている。しかしあなた方に何か落ち度があったわけではない。あなた方はいつも勇敢で率直でありつづけているし、仕事に向ける気力をけちったわけでもなかった。あなた方は心のなかで自分には権利があるんだといつも考えつづけている。その権利を、現代の時代があなた方に与えるのを拒んでいるのだ。あなた方は、生きるというこの権利を、つまりこの自由を、もう一度取り戻したいと望んでいる。孤独な憤怒の大きな炎をあなた方は燃やしている。もう歌も宴会もなくなってしまった。あなた方のまわりに集まってきている陰鬱な者たちは、人間たちの収穫を用意している。そのなかでは、あなた方が主要な生産者(葡萄栽培者)になるであろう。あなた方が現在行われている戦争について、またその戦争があなた方にもたらす教えについて話しているのを私は聞いたことがある。あなた方がとても聞き分けのいい生徒だということに、私は気づいた。あらゆる政治団体、つまり新聞や政治集会のあらゆる所有者、奴隷売買の例の大企業のすべて、彼らは、ここ数年のあいだは、防衛的な戦争の健全さを咎められない程度に声高に叫んだりすることはなかった。今では、防御と攻撃を区別するのは随分とむずかしくなってしまっているのだ。この二者択一の驚くような瓦解をあなた方が用意しているところだということを私は知っている。そうなると、世界は素晴らしい戦争の冒険のなかに誘引されていくだろう。国家が打ち砕かれるのは、間違いのないことだ。国家が、風に吹かれて飛んでいく飼料の細かい粉のようになってしまうまで、情け容赦なく打ち砕かれているあいだ、あなた方の平らな唇と冷ややかな目と、あなた方の顔を覆っている苦々しい無感覚を見ていると、国家が打ち砕かれているのが確かだと確信できるのである。

21　あらゆる戦争は無意味である。

私は戦争が好きではない。どんな種類の戦争も好きにはなれない。感傷的な気分でこんなことを言っているわけではない。私はかつて四十二日間もヴォー要塞の前にとどまっていたことがあるが、それ以来、死体に興味を持つなんてことは私にはむずかしい。それが体質によるものなのか何らかの欠陥によるものなのか私には分からないが、それは事実である。私は戦争を嫌悪している。私は戦争に参加することを拒絶する。戦争が無意味だという唯一の理由のために。そう、この単純で短い言葉のためである。私には想像力がない。戦争が恐ろしいというわけではない。そうではなくて、ただたんに戦争が無意味だからである。戦争で強い印象を受けるのは、戦争の恐怖ではなくて、戦争の無意味さである。その無意味さこそ恐怖ではないかとあなた方は私に指摘するだろう。それはそうだが、無意味である上に恐怖が感じられるようになっていくということだ。戦闘のあとで生まれ、今では青春の弱さと強さの真只中で暮らしている者に、ヴェルダンを前にしての四十二日間の生々しい恐怖を説明するのは不可能である。このような新しい人たちに、彼らの肉体の強さと彼らの[精神的な]弱さを考え合わせると、恐怖のなかにも何がしかの魅力を彼らは感じるであろう。私は大部分の人々のことを話している。自分のことは自分で片付けられる少数の人たちは、明らかに、存在する。そうした人たちに何かを教えようとしても無駄なことだ。大多数の人々は恐怖に引き寄せられる。彼らは、他の人々と同じように、自分たちも恐怖の中で生き、そこで死ぬことができると感じている。そんなことができるなら証拠を見せてくれと言われても、彼らは腹を立てない。のちに殉教や犠牲などと呼ばれるようになっている現象を人々が次々と受け入れているが、そのことにもこれ以外の本当の理由がある訳ではない。あなた方は彼らに恐怖を証明することはできないのだ。あなた方が自由に使うことができるのは言葉だけである。あなた方のかたわらで殺されていったあなた方の友人たちは、あなた方が話しかけている人々の友人ではない。あの生き生きした友情を腐敗へと変貌させてしまうおぞましい魔術、それを彼らは知ることができない。肉体の虐殺と肉体の損傷の醜悪さ[の記憶]は二十年前から散り散りになっていった。新鮮で新しく五体満足で完璧に美しい子供たちが毎日のように生まれるようになってから二十年が経過したが、その二十年の奥底で、そうした戦争の生々しい記憶は静かに消えていった。戦争が終わった当時は、盲人がいたし、顔のどこかが欠けている人がいたし、手や腕のない人がいたし、足が不自由になってしまった人がいたし、毒ガスを吸いこんでしまった人もいた。十人のなかに何人もこのような傷を負った人がいたのだ。二十年後には、二百人のなかでもそうした負傷者は一人いるかいないかである。そうした負傷者はもう見当たらない。負傷者が戦争の証人であるという時代ではなくなった。戦争の恐怖は色褪せてしまっている。そして、戦争の恐怖がどれほど大きなものだとしても、かりに戦争が有益であるならば、戦争を受け入れるのは正当であると、私は付け加えてもいい。しかしながら、戦争は無益で、その無益さは明白である。ありとあらゆる戦争が無益であるということは、明白な事実なのである。戦争が、防衛的なものであっても、攻撃的なものであっても、民間人によるものであっても、平和や権利や自由のためであっても、すべての戦争は無益である。歴史のなかで戦争が相次いで生じている事実を見ると、戦争はいつでも新たに再開する必要があるので、戦争は絶対に終結することはないと証明されていることが分かる。一九一四年の戦争は、私たちフランス人にとって、最初はいわゆる防衛的な戦争だった。私たちは防衛しただろうか？　否。私たちは戦争の前と同じ地点にいた。さらにあの戦争は権利獲得のための戦争にならざるをえなかった。戦争は権利を作り出したか？　否。私たちは、戦争以降も同じく不公平な時代に暮らしてきた。あの戦争は最後の戦争になるはずだった。あれは戦争を殺してしまう戦争だったのであろうか？　そのことは実現されたのか？　否。相変わらず新しい戦争が準備されている。あの戦争は戦争を殺したわけではない。あの戦争は人間を無益に殺しただけである。スペインの市民戦争は、明らかに無益だということがすでに分かってしまっているのに、まだ終わっていない。私は、自分の生命に危険があるとしても、それが有益だと分かっていればどのような仕事にでも従事することに同意する。無益なことはすべて、とりわけあらゆる戦争を私は拒絶する。何故なら、戦争は、それが人間に対して無益な仕事であるということは太陽が見えるのと同じくらいに明らかなのであるから。

あなた方農民が世界にもたらそうとしている戦争は、このような戦争のすべてと同じくらいに無益なものなのである。

あなた方は自分たちを守る必要がある。あなた方は、最も自然で最も人間的なあなた方の農民の文明を世の中に認めさせる必要がある。あなた方は生きる必要がある。戦争は殺す。戦争の前に、戦争の最中に、戦争のあとで。まず前に。間もなく訪れる戦争の息苦しさのなかで生きることが不可能になってくるのが戦争前のことである。戦争の最中のことは言う必要もないであろう。戦争の後で。一九一八年の休戦協定のあと私たちが暮らしてきたあの時代を考えてほしい。そうして私たちは少しずつ今暮らしている時代まで連れてこられたのだ。あらゆる戦争は、百年戦争、千年戦争、一万年戦争である。同盟を結んでも調印をしても、戦争は終息することがない。そこを出発点にして、戦争は地下の坑道のなかで別の道筋をたどっていくのだが、その道筋は平和と呼ばれているようなものをすべて崩壊させさらに壊滅させてしまう。そして戦争は炎の奔流[戦火]が近いうちに復活することを待ち望んでいる。私たちが戦争の有用性などという法螺話に騙されている限り、平和が訪れることはありえない。相次ぐ戦争と戦争のあいだの怪しげな幕間《まくあい》があるだけである。

私はあなた方農民の平和主義を知っている。それがもっとも誠実な平和主義だということも分かっている。必要とあらば最高に残酷なやり方でその平和主義を世界に押し付けようとあなた方が決心しているということも私は心得ている。そしてあなた方にはそれができると私は知っている。あなた方はもう誰の兵士にも決してなろうと望んだりしない。しかし、誰の兵士にも決してならないということは、ごく単純なことだが、もう兵士にはならないということを意味する。

知性は悪から身を引くことにある。

1　貧困の喜び

私があなた方にこの手紙を書いているのは、とりわけ、あなた方の苦しみを貧困の喜びの正面に導き出すためである。人間には基準というものがあり、その基準には絶えず対応する必要がある。塩を入れただけの水で茹でられたキャベツは澄んだスープとなるが、［それを味わう人を］全面的に満足させるわけではない。そのスープだけを食べるとしたら、私たちは何か追加するものを想像したり、それで満足しなければならないというための理由を考え出したりせざるをえない。毎回のことだが、本当の生き甲斐が欠如しているためにそういうことになるのだ。塩漬けにされた豚のすね肉が白いキャベツ・スープのなかに入ると、それだけでかなりの素材が加えられたということになりはじめる。とりわけ、それが幾分バラ色がかったすね肉であり、関節のなかに粘性物質のねっとりした小さな塊が詰まっている場合には効果抜群だ。そこにジャガイモを何個か入れると、スープに厚みが生まれ、食欲を満足させるだけでなく、味覚がもっと長く舌の上に残るようになる。私たちは、すでにスープの完成までそれほど遠いところにいるわけではない。おそらく豚の三枚肉をわずかひと切れ加えればいいだろう。そして、極度の限界までこのスープを完成させていくには、つまり最高に貴族的な男でも満足させようと意気込んで、何本かのニンジン、ポロネギを一本、タマネギを二個、ネズの実を三個、以上を投入すれば、私たちの貧しい生活のなかでさえ、限りなく豊かな味覚ができあがるだろう。これはほとんど夢のなかで実現されるような調理法で、このとき私たちは偉大な文明人の味覚を掌握したことになる。文明とは世界を掌握することである。つまり文明とは世界を楽しむ技術である。文明とは、世界と次第に親しく融合していくことである。きわめて鋭利なナイフが急激な喜びを感じながらあなた方の静脈や動脈を切断し、その静脈や動脈の切断面を世界の静脈や動脈につなぎ合わせて、あなた方を世界と混ぜ合わせるということである。スープから最も美しい湯気が立ちのぼってくる時に、そのスープをあなた方のくぼんだ皿のなかに置いた軽く焦がした自家製パン切れの上に注ぐがいい。世界中の農民たちは七千種類ものソーセージの作り方を心得ている。自分の塩漬け貯蔵室のなかにそうしたソーセージのすべてを持っているのは豊かなことである。しかし、そのソーセージのすべてをあなた方のスープに投入するのは不可能だ。小さな輪切りにしてもむずかしい。たくさん入れすぎると、まずくなってしまうだろう。そして、たとえスープがいい味になったとしても、「梁などに打ちつけた釘にぶら下げている」ソーセージの連なりをそこから取り外してソーセージをひとつずつ切り取っていくという手順をこなしているうちに、あなた方は食欲を失ってしまうであろう。食欲がなくなれば、もう何でも同じ味になってしまう。だから、すべてのソーセージを手に入れるために働くなんてことは無益なのである。

貧困、それは節度の一段階である。すべてがあなた方の掌中にある。生きていくのは簡単だ。生きていくのに、誰にも許可を求める必要はない。国家はさまざまな規則を作る組織であり、そうした規則は生きていく許可を人工的に作り出し、ある種の人々にその許可を操作する権利を与える。実のところ、人間の生命を自由に操作する権利を持っている人などどこにもいないのである。自分の生命を国家に差し出すこと、それは自然を人工のために犠牲にすることである。だからあなた方は常にそうするよう要請されているのだ。国家は、巧みに法螺を吹けるのならば、憲兵がいなくても、総動員令を実現してしまうであろう。それでは、私は国家に憲兵なしで戦争を続けるようそそのかしてみよう。戦争が長引けば長引くほど、人間の自然の法則が国家の人工的な法則を圧倒してしまうからである。国家の力、それは金銭である。金銭が国家に、あなた方の生命を操作していいという権利を与える。しかし、金銭に力を与えているのは、金銭を利用するということを受け入れている、あなた方なのだ。ところで、あなた方は人間として自由に金銭を使わないこともできる。あなた方の労働が、生きていくのに直接必要なものを生産するからである。あなた方は、金銭がなくても食べていけるし、金銭がなくても安全な場所で暮らせるし、金銭がなくても未来のすべてを確保することができるし、金銭がなくても人間の文明を持続させていくことができる。だから、あなた方が国家の支配者になるには、それを望みさえすれば充分なのである。社会が貧困と呼んでいるもの、それはあなた方にとっては節度なのである。あなた方は、現代の社会にあっては、節度を保って堂々と暮らしていくことができる最後の人間である。そして、そのことがあなた方に絶大な力を与えているので、あなた方が、人間の節度の範囲内で生きていくことを最終的に受け入れたら、あなた方の周囲にあるありとあらゆるものが人間としての節度を守るという風になるだろう。国家は、その時、あるべき姿になるであろう。つまり国家は、私たちの主人ではなくして、私たちの従者になるだろう。あなた方は世界を闘いのない状態に解放するだろう。あなた方は人類の意味のすべてを変えてしまうだろう。あなた方は人類に、あらゆる時代を合わせたありとあらゆる革命が人類に与えてきたよりも、もっと多くの自由を、もっと多くの喜びを、もっと多くの真実をもたらすことであろう。

2 個人的な革命

これは大規模な革命なのだ。そしてあなた方は、暴力と残酷に向かうあなた方の欲望のすべてをそこで行使しても後悔することはない。そうした欲望はそこでは合法的である。あなた方だけが自分自身に対してその革命を成し遂げることができる。それは高貴と名誉による大革命である。あなた方だけがその革命を今でも成し遂げることができる。それは、まずあなた方が、金銭があなた方をそこに引きとどめておこうと試みている隷属状態に置かれていながら何とか純粋な人間にとどまっているからであり、さらに、あなた方の労働［農業］が、社会的な従属の状態から易々と自由になることができる唯一の労働だからである。現在の労働者が社会から自由になるのは可能なことではない。社会が労働者を養っているからである。あなた方農民なら、社会から簡単に自由になることができる。それは、あなた方が、あなた方の食料と、あらゆる人間の食料を牛耳っている親方だからである。あなた方が自由になれば、それに付随してあらゆる人間たちも自由になるであろう。これは魂の革命である。しかし、その革命は世界の顔に並外れた物質的な印として刻印されるであろう。あなた方の美しさが、いま醜さが大地の上に刻印されているように、大地の上に刻印されるだろうと私は言っているのである。例えば大きな国の端から端まで飛行機で横切る人は、あなた方が人間としての真実の仕事を成し遂げてしまうと、その形からもその色からもその匂いからも、［あまりにも変貌してしまっているので］自分が見ているのはあの国であるとはもはや認められなくなってしまうであろうと私は言っているのである。

3　節度

節度をあらわしているあの貧困について私は話している。一方、あなた方は極端そのものである豊かさを追究してきた。そしてその豊かさは、あなた方を惨めな状態に追いこみ絶望させた。惨めな状態は、人間たちを破壊し、さらに人間たちをごく自然に当然のこととして自分で破滅していくようようながすものである。あなた方は平和についてはもう話そうともしないにもかかわらず、あなた方はやはり平和を望んでいる。私は、節度であり平和でもあるようなあの貧困のことを話している。私が話している貧困は、合法的であり自然的でもある豊かさを意味する。それは人間の栄光なのだ。あなた方には近代的な戦士たちは必要ではないし、団結を呼びかけるあのような勧告も必要ではない。団結のための勧告は、人間たちの群れを形成するための前奏でしかないのである。あなた方は、心のなかに、あの戦士としての貧困を所有している。そして、太陽のもとで、軍隊がかりに正当にも気高くて名誉あると形容されるようなことがあるとすれば、それはあなた方が貧困という指揮権のもとで組織する軍隊であろう。あなた方の団結にまして堅固な団結は存在しないであろう。あなた方の力を凌駕するような力は存在しないであろう。あなた方の自由を超えるような自由は存在しないであろう。私たちは、私たちの子供時代の残酷な賭けの時代をついに乗り越えてしまうであろう。私たちは、ついに愛情と喜びをともに味わうことができる平穏な青年になっていくであろう。

4　絶対に考えをひるがえさないという頑固な誇り

四方八方から、人間は人間としての種々の約束の攻撃を受ける。人間は偉大さや栄光やその上喜びまで約束される。ありとあらゆる確信を喪失してしまっている現代ほど何かを信じるのがむずかしい時代はこれまでにはなかった。私たちは希望というものをすっかり失ってしまっているので、約束してくれる人物に今ではもう何も要求することがない。その人物が素晴らしい言葉を語るなどということは今ではもうそれほど必要でもない。彼はどんなことでもいいから話すだけで充分なのだ。まがいものの預言者たちがいる森のなかで私たちは迷ってしまっているので、ごく小さな小径でも指示してもらえば、一時的に私たちは助かる。ガイドたちは、泥が膝まであるような地域に私たちを案内していった。そして絡みあっている蔦が、私たちの腕を押さえつけ、私たちの首を絞めつける。知性の疫病が、壊滅状態におちいっている私たちを熱狂させる。絶対に考えをひるがえさないという頑固な誇りがあるために、私たちは間違った道を登っていこうとはしない。不幸の最中で見つかったごく些細なことも、私たちは奇跡ではないかと思ったりする。私たちはその些細なことをすぐさま私たちの希望とみなし、そのために寺院を建造し、法外な人間の犠牲を捧げようとまでする。私たちのひとりひとりが、これという理由もないのに不意に、国家の祭壇で、あるいは政治の祭壇で、犠牲にされるなどということはありえないと確信することができないのが現状であるような時に、昔の船乗りたちが語る野蛮な人々に比べて、私たちはいかほどの進歩を成し遂げてきたと言えるのだろうか？　あなた方が自分の子供たちを工場の寺院の奴隷として差し出さねばならないだろうということも、ほぼ確実なことなのだ。毎日毎日、私たちの発明品が、彼らが神だと考えているものに自分の運命を委ねている人々のなかのかなり多数の人間を静かにかみ砕いているのである。喜びを私たちはもう信じていないが、進歩なら私たちは信じている。私たちは喜びのことはもう考えないが、進歩のことなら考えてみる。進歩があなた方に喜びをもたらすだろうなどと、今ではもう誰もあなた方に約束したりしない。喜びを追究すればいいなどとあなた方を励ましたりする者はいない。何だか分からないような人工的な偉大さを追究するよう勧められたりする。戦争のせいで脊柱を損傷してしまい、鉄製のコルセットと鎧のような顎当てで身体を支えている負傷兵がいるが、彼らに行《おこな》ってしまったことを人類全体に対して行おうと為政者たちは望んでいる。彼らは勲章や英雄証明書を持っている。ひとりの女が彼らと結婚すると、みんながいるところでは彼女は祝福されるが、親密な話し合いでは彼女は同情されるのである。彼らにとって本物の脊柱の代用をできるようなものは何もない。それはごく単純でごく自然な脊柱で、技術的な脊柱ではない。本物の脊柱は喜びを追究し、喜びを楽しみ、その喜びから養分を吸収できるよう巧緻にできている。男のこの小さな脊柱は、社会的にはまったく輝かしいものでも何でもない代物だが、人生を送るにはいかほど輝かしいものであろうか！

農民はいつも農民でありつづける必要がある。彼が資本家になっても獲得できるものは何もないだけでなく、彼はすべてを失ってしまうのだ。このことを証明しつづけることが今でも必要だということを、現在の経験が充分に示していると私は考えている。農民は、労働者になればやはりすべてを失ってしまう。農民は共産主義の社会でも、労働者になってしまえば、すべてを失うだろう。農民はそこでは自らの自由を失ってしまうのだ。いずれの場合においても、農民は国家に対する服従の度合いを高めるばかりである。彼は国家に命を委ねている。国家が卓越しているということに異議を唱えないにしても、農民はいつでも自分自身の人生の主人であるのがいいであろう。農民であるということは、正確に人間と釣り合っているということだ。いかなる場合でも、農民は自分自身の尺度を超えて働いてはならない。彼がその尺度を超えてしまうと、自分が生産する農産物の行き先がかならず歪められてしまうからだ。つまり農産物を金銭に換えるということになってしまうのである。そうした手順のせいで、国家の力を認めることになってしまう。つまり国家が力を発揮するのを容認するようになってしまう。そして、国家が力を振るう最初の相手は、いつでも農民なのである。農民が自分の尺度を超えてしまうと、すぐに彼は自分の隷属を認め、国家に自分と自分の子供たちの生命と死の権限を譲り渡してしまうことになる。たとえそれがごくわずかな動きであっても、かならずこうなってしまう。たとえ微小であろうとも利益を追究する態度は、まるでキノコの種子のようなものなのだ。たった一個の種子があるだけで、腐食土のすべては種子に覆われてしまう。フランスには九百万人の農民がいる。彼らのなかのわずか一人だけがほんの少しだけ金銭を追究するだけで、その姿勢は即座に九百万倍されてしまう。利潤の欲求はそれ自体が途方もなく繁殖力が強いので、最初の欲求の細胞が形成されると、人間は、成長することをやめない怪物に間もなくむさぼり食われてしまう。農民はいかなる利潤も追い求めてはならない。農民は、自分がごくわずかの利潤を求めても、その姿勢は農民自身と自分の子供たちに死刑を言い渡すことに等しいということを充分に心得ておく必要がある。総動員令のビラは、農民の利潤[追究]の論理的な結果である。農民が節度を超えてはならないということは、農民に必要な態度なのである。それは農民の家族にとっても必要なことであり、ある種のつつましい職人たちにとっても必要なことでもある。農民のかたわらで農民の仕事や農民の快適な暮らしに不可欠な道具を生産している職人たちも、農民と同じだと言うことができる。以上が貧困である。これこそ人生のなかにある小さな自然の脊柱である。その脊柱のおかげで、人生に愛情や喜びが可能になってくる。人生を痛めつけるあらゆる悲劇的な冒険は、鉄製の脊柱と鎧のような顎当てをいよいよ必要不可欠なものにしていくのである。

つまるところ、職人たちの作った道具で人工的に支えられている障害者は、普通の男と同じような外観を保っているが、彼が愛する女性と裸になって寝ることはできない。

5　節度の利用

現代にあっては、ごく控えめな智恵が、世界でもっとも革命的な思考である。現代という時代の人間たちはごく少しの物と関わって存在しているだけなので、もっとも通俗的な格言を生活に応用するだけで、人間の生活は大混乱におちいってしまう。金属で組み立てられたあの巨大な建造物、大衆の近視眼が空の高さだと考えているものの中に聳え立っている目がくらむばかりのあの学問的なセメント建造物、四方八方から男たちの自由を奪っていくあの壮麗な政治的ネズミ捕り、こうしたものはすべて、ほんのわずかなもので満足しようと決心している農民によって簡単に破壊されてしまう。少しのもので満足する生活を実行するのに、農民は、聖人になるためのさまざまな規則に縛られる必要などない。農民は、本物の利益になるような産物だけを生産するために穏やかに働くだけでよい。土地の開墾を、変わることのない四季の持続的な循環のなかで人間が栽培できるものの範囲内に限定する必要がある。そして、一スーも浪費することなく、自分の家族に関係のない者の援助はいっさい期待せず、疲れるほど働かずに、すっかり快適な暮らしをすればいい。たっぷりと時間をかけて暮らしを楽しむのである。農民に子供がいるのなら、子供たちは彼の仕事を手伝う。そして、ごく自然に、彼らの生活は、当然のごとく拡大していく耕作地の範囲によって保障されている。それは、人間が耕すことができる範囲を絶対に超えることがなく、国家によって生産された金を必要とすることも絶対にないような暮らしである。いま法外に広い土地を持っている人々が、すべてを自分に禁じていくと次第に暮らしにくくなってくるものだが、彼らがやるべきこと、それは自分たちに必要な土地だけを切り取ることであろう。しばらくしたら、その余剰の土地の適切な使い方も見つかるだろう。その土地には何人もの人間たちの取り分がある。そして彼らは、間もなく到来する動乱のなかで、すぐさまそれを必要とするであろう。それぞれの取り分が彼らに与えられるであろう。否、そうはならなかった。あなた方はそういう風に自分の土地を減らしてはいかない。あなた方は、本当に利益を受ける人たちに土地をはじめて返すだけのことである。法外に広い土地があなた方を殺そうとしていた。あなた方が縮小して暮らしていた節度ある土地は、あなた方に裕福と喜びのなかで暮らせるようにしてくれる。あなた方は、その余剰の土地を入手するために支払いをしたと言う。何で支払ったのか？　金銭でだよ。金銭は何の役にも立たないということを、あなた方はまだ納得していないのか？　あなた方を困らせ、あなた方を奴隷にし、あなた方を悲惨と戦争の恐怖のなかに繋ぎとめていたあなた方の土地の余剰の部分を、あなた方が提供しないのならば、あなた方は、つまり、その土地を売りたいというわけだ。何と引き換えに？　金銭と引き換えだよ。さてさて！　それは私が言っていることだよ。同じことに舞い戻ってしまう。それじゃ、あなた方はその土地を与えているのと同じだよ。金銭は何の役にも立たない。それは紙なんだよ。大事なのは、生活だよ。あなた方の土地と交換に生活を与えるなんてことは誰にもできない。あなた方は、そんな土地があっても、それをどうすることもできないだろう。人間が所有できるのは自分の生活だけなのだ。あなた方がどこを向こうとも、あなた方が生きていくのを妨害しているその土地を持っていてもいかなる利点もないし、また、あなた方が何をするにしても、最後にはかならずその土地は与えるべきだという結論に落ち着くはずだ。まずあなた方には何かを失っているように思えるかもしれないが、心配は無用である。貧困が、言葉と物体の本当の価値を少しずつあなた方に教え直してくれるだろう。

しかし、今のところは、その広大な土地がふたたび自然に帰っていくがままに任せておけばいい。樹木が生えてくるだろう。それは真新しい梁を植林しているようだし、すぐさま簡単に建築に利用できる農場の骨組のような樹木が育ってくるであろう。つまり喜びは味わえるが、資本は投じられていないのだ。雑木林が茂ってくるので、秋の赤い太陽のもとで何か楽しむ必要があるような時には、そこはあなた方が罠やさまざまな策略を弄して楽しむ格好の狩り場になるだろう。何かを売るために働らいたりしないように。よく生きるために働くんだよ。その生活にとって必要なもの、それを生産するんだよ。もう六十万キロもの小麦を作ったりせずに、千二百キロの小麦を作ればいいんだ。あなた方は六百キロの小麦しか食べないんだから。余剰の小麦の生産は巨大な疲労になっていた。あなた方が生きていくチャンスは、毎年少しずつ減少していた。疲労があなた方の肉体をすり減らしていた。あなた方は、あなた方の動脈や静脈がまだまだ持続してやっていけるチャンスを精力的に少しずつ破壊してきていた。私たちは一度だけしか生きることができない。どのように振る舞ったらいいかということが分かると、その時、人生は苦労して生きてみるだけの意味を持ってくる。貧困は、あなた方にどういう風に振る舞ったらいいのか、たちどころに教えてくれるだろう。あなた方は余剰の小麦を作ることで人生をすり減らしてきた。豊作の年には、その余剰の小麦を国家が作った金銭と、つまり無と交換するのに成功した。あなた方は自分の人生のいくらかを与えて無を獲得した。私は無ということを強調している。私は言葉の綾でこんなことを言っているわけではない。それは正確に、数学的に、無である。何故なら、例えば、その金銭に触れることなく箪笥のなかに保存して、それを自分たちの目の瞳［何よりも大切なもの］だと見なしている人々は、今となってはそれが減少し、小さくなっているのに気づくことになる。千フラン紙幣で、一九二九年に同じその千フラン紙幣で買うことができたものの四分の一をかろうじて買える程度になっている。しかもそれはまったく同じ紙幣なのである。実際的な観点から見ても、金銭がまさしく無であるということはあなた方も分かるだろう。

あなた方の目の瞳は本物の宝ものである。それを秤にかけたりしてはならない。そんなことをするから、あなた方は死ぬほど疲れてしまったのだ。苦労して六十万キロもの小麦を作る必要はない。千二百キロの小麦を作ればいい。その方が容易だ。あなた方の子供が成人してあなた方を手伝うことができるようになれば、そのたびごとに千二百キロの小麦を増産すればいい。そうすればあなた方は得をしているのが分かるだろう。そしてあなた方には自分に必要なものを何でも、つまりジャガイモ、トマト、果物、緑の野菜、トウモロコシ、秣《まぐさ》、赤かぶ、葡萄、花などを生産する時間的な余裕が生まれてくるであろう。必要なものを少しずつ作るだけで、たっぷり満ち足りた暮らしができるのだ。こうして多彩な仕事をこなしていると、心はわくわくし、気持は安らかになる。自分の将来を思いのままに選び取ることができる。こうして毎日を生き生きと暮らすのだ。毎日、そして一日中。あなた方は自分自身の節度に舞い戻ってきたので、いかなる社会問題ももう膨張したりすることはありえない。あなた方はたったひとつの季節で世界を動転させることができる。あなた方はもう農民の兵士になる必要はないし、絶望的な決心をする必要もない。あなた方の妻や子供たちと一緒に暮らすのだ。犂の柄から手を放してはいけないよ。それがあなた方の最良の武器だし、最高の盾でもある。馬を飼い慣らしておくだけで充分だよ。そこで立ち止まるんだ。遠くに出かけては駄目だよ。はいどう、ここから私たちは隣の畝に戻ることにしよう。この小さな耕作地で私たちには充分だ。あなた方のなかでもっとも強い者たちがこうしたことをはじめればいい。他の者たちはすぐあとについてくるだろう。季節が三つ過ぎれば、国家はあなた方に対してもういかなる力も持たなくなるだろう。それよりももっと素晴らしいのは、国家はもう誰に対しても力を持てないだろうし、誰の妨害もできないだろうということである。

6　戦争はあなた方が自由になるのを妨害するだろう。

あらゆる時代のなかでもっとも重要な革命がこういう風にきわめて迅速に成立することが可能ではあるが、大きな危険があなた方に脅威を与えつづけている。それはまずあなた方が本能的に感じる危険であり、さらにそれに襲われても持ちこたえられるようにあなた方が激しく準備を整えていくような危険である。ヨーロッパのあらゆる国家は念入りに戦争を準備している。装備や弾薬の堆積にもまして深刻な兆しは、新鮮きわまりない新たな類の言葉が利用されているということである。数多くの作家たちがラッパを首にぶら下げている。最高に気の短い作家や最高の給料をもらっている作家たちが、常識的には彼らが発するとは予想もできないような具合に楽器を高らかに吹き鳴らすことによって私たちを魅了している。不幸な若者たちが口をぽかんと開けてそうした文士たちの声に耳を傾け、自分自身の火刑台の松明を掲げて彼らのあとに従おうと用意している。力と情熱がみなぎっているこの新しい世代の若者たちから、私たちの世代がたどってしまった運命を遠ざけてやることは誰にもできなかった。若者たちの世代を裏切る人々が簡単に出現してしまった。大抵の場合、偉大さ、理想、人間性、英雄的精神、平和などについて語っていた人々のなかにそうした人物たちが、ごく自然のことだが、混じっているのが見つかったのである。もっとも有益な建築物を実現することができるこうした若者たちは、無用の戦争の消耗品としてふたたび利用されてしまうであろう。若者たちはそうされることに同意している。彼らは欲求に満ちあふれて戦争を歌っている。愛をはぐくむために開く用意ができているベッドの毛布の下で、若者たちは大砲の唸り声を口でぶつぶつと模倣している。若者たちは勝利の映像に陶然となる。毎朝、新聞によって、そうした典型的な大量のイメージや、直接に利用できるような憎悪をかきたてるために割り当てられた記事が、届けられる。死を歌う詩人たちは、墓穴や十字架を準備する。作業は大いに進展してしまっている。

妻たちにあの夜明けの甘美な瞬間を待ち望ませるところまで事態はすでに進んでいる。郵便配達人が村役場のお悔やみの文書を持ってくるのである。戦場における死だ！　調香師は控えめな白粉〈英雄の未亡人暮らし〉［架空の白粉］を準備する。女たちは娼婦になるかもしれない［夫を亡くした妻たちの苦しい状況をジオノは誇張している］。ともかく万事が準備されているのだ。男たちの三分の二は一人でじっとしていることができず、絶えず、サーベルで切りつけたり、穴をあけたり、銃を撃ったり、町に爆弾を放ったりするような身振りをしたり、敵兵たちの虐殺を想像したり、ガスで焼き尽くされた町を想像したり、切り裂かれた身体でできた濃厚な肥料を世界中の原っぱに散布したりして、孤独で奇妙な類の愛にふけって満足するのである。ポルノよりも低級な独特の文学のおかげで、仕事に打ちひしがれたへっぽこ文士が、ライヒショッフェン［第一次大戦の激戦地］の騎士になれたりする。馬の喜び、突撃の生き生きした大気がもたらしてくれる歓喜、武器を吊るす革装具の優雅さ、大砲の火薬の慎み深い香り、額の貴族的な傷、こうした表現をしたためる文士が褒めたたえられる。それに加えて、最後に発する重要な言葉を聞き取ろうとする歴史家たちに取り囲まれ、穏やかな苦悶の状態で木にもたれている戦士の英雄的な死と、衰弱し顔面蒼白であるにもかかわらず、集合している人々の拍手喝采に迎えられると一気に元気になりよみがえる生気、文士はこの二つの選択肢のいずれかを選ぶことができる。現代という時代は、男たちにあまりにも過酷な仕事を浴びせており、さらに男たちはあまりにも全面的な隷属状態に追いやられているので、男たちは、どのような自由化でも、どのような栄光の約束でも、ただちに大喜びで受け入れる用意ができている。男たちは目に見えているものを直視することがもうできない。男たちは自分たちが望むものしか見ていないのである。英雄は存在しない。戦死した者たちはすぐさま忘れられてしまう。兵士たちは妻を寝取られた馬鹿者である。戦争のあとには、腕のない男、脚の不自由な男、両脚のない男、女たちが顔をそむける無残な顔の男、このような男しか残らない。こうした現実を男たちはもう見ようとしない。戦争のあとでは、生きている男は、戦争をしなかった「戦闘に参加しなかった」男である。戦争のあとでは、戦争はすぐに忘れられ、戦争をした男たちもすぐさま忘れ去られてしまう。男たちは自分が望むことしか見ないし、特別の作家たちは男たちが望んでいることを毎日のように彼らに繰り返し語っている。このように誘いかけるポスターのような文学は、今では気前よく支払われ、世に満ちあふれ、どこからでも流れてくる。万事が用意されている。行進は足踏みし、両脚は歩み、目はしっかり前を見据えている。すべてが動きはじめるには、ごくかすかに声を出すだけで充分だ。

7 予想されている新たな農民たちの虐殺

明らかに、これはこれまでいろいろ準備されてきたなかでもっとも美しい農民たちの虐殺である。戦争がはじまってから数か月のあいだ、戦闘部隊のなかから、偶然まだそこに残っているすべての労働者たちが入念に選別されるであろう。そして彼らは戦争工場に送られるであろう。戦争を支えるためのその工場では労働者たちが必要不可欠な存在だからである。あなた方を虐殺の地に送り込んだ作家たちのことは、もう気にしてはいけない。作家たちは、英雄的行動を行うのが容易で、彼ら自身が自分の歴史家になれるのが確実だと確信できるような場所にいたかもしれないし、あるいは、魔法のように煙になって蒸発してしまった作家たちが、子供たちのために父親［兵士］を保存しようとしたのかもしれない。作家たちは大抵の場合戦闘に参加する年齢を超えてしまっており、それにヘルニアや腸炎やガス後遺症などを患っていたために、戦闘参加から除外されていた。宣伝を続ける必要があるのでいとも簡単に、彼らには戦列から離れることが認められてしまう。農民のみなさん、あなた方は、戦列の端から端まで見渡しても、農民ばかりだということが間もなく理解できるであろう。戦列の正面でも端から端まで農民ばかりである。あなた方はいつも戦争を農民だけでやってきた。一九一四年の戦争のあとで、あらゆる村に建造された死者たちを弔う慰霊碑は、とても役に立っている。みんなは慰霊碑がとても醜いと言うが、私は決してそう思わない。村から村へと田舎を歩いていくと、死者たちを弔う慰霊碑が発する正直な大声を私は聞き取ることができる。石碑に彫られている名前の数を数えてから、死体のないこの墓の周囲にひしめきあっている数少ない家を眺めてみるがいい！

あなた方はこのことについてどのような言葉をかけてほしいのだろうか？　労働者たちが砲弾や、大砲や、銃や、薬莢を作るのは絶対に必要なことである。また、労働者は飛行機の機体を組み立て、戦争用の船を建造する必要がある。正面にいる［敵の］農民の顔を目がけて投げつけるようにとあなた方が手で受け取る手榴弾は、労働者が工場で作って、それに火薬を詰めて、そしてあなた方に手渡したものである。あなた方が手に何も持たずにいて、あなた方に向き合っている向こうの兵士も手に何も持っていなければ、あなた方は、互いに知り合いになるという喜びを表現するために、おそらく自分たちの手を利用しようという気持になるだろう。つまり握手しようとするだろう。心配する必要はない、と国家はあなた方に言う。労働者たちがいるよ。彼らがうまくやってくれる。彼らは君たちの手に手榴弾を握らせることをやめるなんてことはないよ。さあ。君たちは前に進むんだ。君たちだけでうまくやっていくんだよ。

8　農民たちはあらゆる戦争を止めることができる。

きわめて重要な人間であるあなた方、どうして国家があなた方の命をあんなに安く買い取って、あなた方とその子供たちをあんなに気前よく虐殺してしまうなんてことが可能なのだろうか？　それはまず、あなた方には千二百キロの小麦で足りていたのに、六十万キロもの小麦を生産したので、戦争のための予備食料を確保できた国家は、しばらくのあいだあなた方農民の奉仕がまったくなくてもやっていけるようになったからである。ついで、予備食料が尽きてしまっても、あなた方の妻や母や姉妹や若い子供たち——十三歳の男の子もいる——が、あなた方自身がやるのと同じように簡単に楽々と働き、種を蒔き、小麦を生産することができるからである。しかしながら、農民の女が娼婦になることは絶対にない。彼女は愛する。彼女は徹底的に平和主義者である。彼女の夫や息子が殺されると、彼女はまるで野生の動物のように叫ぶ。彼女は国家を侮辱する。時として苦痛がまるで病気のように彼女を死に追いやることがある。彼女はそこから回復しない。愛国的な阿片が彼女を眠りこませることはできない。麻酔をかけようとする学者の言うことに彼女は無感覚である。彼女は孤独なベッドのなかで苦痛に身体をねじ曲げる。自分を産み出した大地を呪いながら彼女は死ぬ。彼女はコルネイユ風[何よりも義務を重要視する生き方]ではない。彼女は自然で人間的だ。彼女は、望みさえすれば、戦争でも阻止することができる。

労働者が工場に不可欠なように、農民は畑に不可欠でなくてはならない。農民の妻は、夫の代わりに働くことを拒絶すべきである。戦争がはじまったらすぐに、彼女は小麦のたくわえを廃棄して、自分の生活と、一緒に暮らしている子供たちの生活に必要最低限の小麦だけしか保管してはならない。それは公然と行う必要はない。あからさまに反抗的な態度を見せると、憲兵たちがやってくる。そうする必要はない。余った小麦は堆肥のなかに入れるだけで充分である。それ以外の小麦は隠しておく必要がある。徴用のための係官がやってきても、穀物倉は空っぽである。戦争のためにあなたの家庭から引きはがされてしまったあなたの夫が、畑には必要不可欠だと主張するがいい。あなたと子供たちが生きていくのに必要な少しだけの土地を耕して、それ以上の土地を耕してはならない。金銭や火薬よりもパンを、戦争は必要とするからである。労働者が作る手榴弾は兵士に役立つだけである。しかしパンは、同時に、兵士にも、労働者にも、将軍にも、大臣にも、独裁者にも、独裁者がいかほど権力を持っているとしても、役立つ。

そこでだよ、世界中の農民の妻たちよ、あなた方の夫たちが喉をかき切られているあの薄暗い屠殺場［戦場］にいくらかでも照明を当ててみようではないか。何故、あなた方は自分の夫たちを屠殺している人物［殺人者］たちにパンを提供しつづけているんだね？　あなた方は飢餓を自由自在に操作できる立場にあるのだよ。労働者たちを工場に送り返したように、あなた方の夫たちを畑に戻さねばならないほど、国会や参謀部の要人を飢えさせるがいい。この二種類の男たちを戦闘から引き抜いてしまったあとにも、まだいくらか戦士［職業軍人］が残っているから、残った戦士たちは戦うだろう。彼らは、戦わせておけばいい。そうした戦士たちが殺されれば殺されるほど、みんなにとってそれはいいことなのだ。戦うことに喜びを感じる者たちにとっても、また、彼らを厄介払いしてもらえる私たちにとっても、好都合である。しかしながら、あなた方はあなた方の夫を予定より早く救うことができる。そして、あなた方は人々が戦争のことを考えるのを阻止することさえできるのだ。まともな文章を書けないあなた方でも、次のように書けば、あらゆる時代を通じてもっとも力強くてもっとも高貴な文章を書くことになるであろう。〈以下に署名する農民の妻たちは、戦争中においては、自分が所有している小麦の貯えを廃棄し、自分たちの食料を作るための土地でないような土地は耕さないと誓約いたします。〉

戦争の豊かさに反対して貧困の十字軍に乗り出してほしい。戦闘のためのあなた方のもっとも美しい馬は、あなた方の農耕馬である。あなた方の英雄的な弾薬は、一歩また一歩と歩む畑の畝のなかに装填されている。あなた方の盾は、そのあたり一帯の大地の丸みを帯びているのだ。

ペスト［疫病、戦争］から回復するには、後退していては駄目である。健康を取り戻す必要がある。悪から手を引くべきである！　叡知は、悪から手を引くことにあるのだから。

ブリアンソン、レ・ケレル、一九三八年八月十六日

『清流』より四篇の抜粋

1　一日は丸い。

一日は、夜の不明瞭な時刻に始まりそして終わる。一日は、目標に向かって進んでいくというあの形、例えば矢や、街道や、人間の競走のような長い形を持っていない。一日は、丸い形を、つまり、太陽や世界や神などに宿っている永遠で静的な物に見られるあの丸い形を持っている。文明は、遠くにある目標のような、何物かに向かって私たちが進んでいると私たちを説得しようとしてきた。私たちの唯一の目標、それは生きることだということ、そして生きるということを私たちは昨日も今日も、毎日のように実行しているということ、さらに、一日のあらゆる時に、私たちが生きていれば、私たちは本当の目標に到達しているんだということ、以上のことを私たちは忘れてしまっていた。文明化されている人々はすべて、一日が夜明けに、あるいはもう少し後に、またはずっと後に、つまり彼らの仕事が開始する決められた時刻にはじまるものと考えている。さらに、彼らが〈一日中〉と呼んでいる間に、彼らの仕事を通じて、一日は伸びていくと、また彼らが瞼を閉じる時に一日は終了すると、彼らは考えている。一日は長いと言うのは、そうした人たちである。

そうではない。一日は丸いのである。

私たちは何かに向かって進んでいるわけではない。私たちはあらゆるものに向かって進んでいるのだから。そして、私たちのあらゆる感覚が感じる用意ができているときに、すべてが達成されているのである。一日は果実のようなものであり、私たちの役割はその果実を食べることにある。私たち自身の本性に応じて、その果実を穏やかに、あるいは貪婪《どんらん》に味わうことであり、またその果実が持っているすべてを利用することであり、さらにその果実によって私たちの精神的な肉体や私たちの魂を作ることなのである。つまり、生きることである。生きるということは、それ以外のいかなる意味も持っていない。

文明が私たちに提案するすべてのこと、文明が私たちに提供するすべてのこと、文明が私たちにこれから提供してくれるすべてのこと、そんなことは何でもないことである。どこにも着陸せずにパリからパリまで飛行機で世界を一周する長距離飛行に成功するなどということより、私たちひとりひとりにとっては、自分で一日を生きることの方がもっと感動的であるということを理解するのが大切であろう。

昼間が夜と別れるこの曖昧模糊とした時刻、また暗闇が地上の谷間のなかに積み重なる時刻、そして空が明るくなっていく時刻、あるいは、人に長い間揺り動かされてきたあと、これから休息しようとしている、あるいはこれから清澄になろうとしている花瓶のような様子を万事が見せるこの不明瞭な時刻。そのような時に、ロッシニョル（ナイチンゲール）はその歌声を変化させた。それは、ずっと雌のロッシニョルに浴びせてきたあの満ちあふれるような音楽の流れではもうない。そして、雌のロッシニョルは、すっかり重々しく耳が聞こえない状態で、今では菩提樹の枝にいる。そして雌ロッシニョルはその丸くて小さな瞼を閉じてしまった。風は木の葉と同じように雌ロッシニョルを揺り動かしている。今では、もうあの流れるような諧調は聞こえてこない。聞こえるのはいくらか震えるような長い音である。東にある丘の上で見ることができる夜明けの裂け目のような長い音。露の水滴が樹木の葉を伝って滑り、そして落ちる。木々はすっかり震えている。風は吹いていないが、ハンノキとポプラが振動しているのをよく見ていただきたい。大気は軽快である。大気は、山のなかの水源の水のような性質を具えている。そこにたどり着くと、私たちは喉の渇きを覚える。私たちはその緑色の水を飲む。その水はあまりにも新鮮だと私たちは思う。その水を飲むと、その水は、その時のあなたの喉やあなたの身体の状態そのものを癒すためにちょうど用意されていたものにちがいないとあなたは思う。そこであなたは、新しい力を獲得してそこから出発していく。太陽が昇ってくる。太陽とともに、匂いも強くなってくる。遠くにある丘の上では、リラ（ライラック）が花咲いている。河は、谷間の底で、水嵩を低くした。泥土の匂いが昇ってきたことでそのことが分かる。リスが、白樺の高い枝の皮を剥ぎ取った。蜂蜜の匂いが下りてきた。通り過ぎていった雨が、糸杉の根をむき出しにしてしまった。その根はアニスの匂いを放っている。コエゾイタチが牧草地の草の下を走っている。しかし私たちにその姿は見えない。エンバクの種子の冠毛が揺れているのが見えているだけである。コエゾイタチがその小さくて柔軟な跳躍によって運んでいる様々な草の匂いのすべてを、私たちは感じ取っている。ハルガヤ、ムラサキウマゴヤシ、ウシノケグサ、クローバー、ウマゴヤシ、ヒナギク、その他、黒い大地にくっついている無数の小さな草がある。そして大地そのものにも、茸やミミズや腐った木材の小さな断片などが混じっている。

私は横たわっており、眠っている。どういう風に一日は私のなかに入ってくるのだろうか？　一日が生まれたこの曖昧な時刻の瞬間、眠りこんでいる私自身の状態が浄化されていった。夢は、木々のあいだを吹き抜けていく風のように、消え去っていき、睡眠は、私の身体という谷間のなかにそっと沈殿した。すでに、出現してくるものすべては――外部の世界において、金色の隆起となって膨れあがってくる丘の頂のように――、私の内部で睡眠から出現してくるものすべては生命を帯び、歌っている。私はまだ眠っているが、物音は聞こえるし、匂いは感じられるし、新しい大気の新鮮な泉から本能的に水を飲んでいる。物音や香りはさまざまな物語を私に語りかける。そして自由自在な私の思考がそれを記録していく。アニスの匂いによって、目を閉じたまま、私には糸杉の黒い根が見えたし、ロッシニョルの歌声によって、雌のロッシニョルが、恋と夜の歌声に酔いしれて、木の葉の夜明けのダンスに身を任せているのが私には見えていた。牧草地のざわめきや、まるで匂いのシンバルを打ち鳴らすように、コエゾイタチの跳躍とともにほとばしり出る香りの噴出によって、黄褐色のコエゾイタチが、ヤナギの木の幹から彼の温かくて小さな巣窟まで、走っていく様子を私は追跡することができた。ついに私の瞼に金色の小麦の穂が触れる。私は目覚める。太陽が私の顔の上に載っていた。

世界は私の前にある。私は世界の一部である。自らの感覚で世界を理解し世界を味わうということ以外の狙いは私にはない。四頭立て二輪馬車の御者が、四頭の馬たちの跳躍によって運ばれる前に御者台に足を踏み入れるように、私は起き上がる。

毎朝、天使の時刻が訪れる。それは予告者の多彩な色の翼が穏やかに羽ばたく時刻である。［予告する者は］季節によっていろいろだが、時には、風の腹の下に垂れた状態で到来する薄暗くて長い雨であるということもある。また別の時には、広い空の全域に居坐ってしまい、大地や葉を落とした木の枝や泉の多孔質の石まで翳ってしまう灰色の雨だったりする。あるいはそれは、穏やかで華やかな明るい太陽だったりする。目に見えない種まく人の腕が動いたので、大地には数羽の鳥がばらまかれている。その鳥たちは樹木の葉叢のなかでカサカサと音を立てている。あるいはそれは風のこともある。その時刻は一日の祝福が雄弁に感じられる時である。その時刻は、約束されていることすべてのはじまりの時であり、実行されるであろうことすべてのはじまりの時であり、太陽が今日はまだ姿をあらわしていない無垢の空のあの部分に隠されているものすべてのはじまりの時なのだ。

それは田園における労働の時である。それはシャベルが跳び歌う時である。シャベルがしっかり研がれる時であり、大地が申し分なく柔らかい時で、細紐が、私たちがサラダ菜やポロネギやタマネギやナスを植える予定の畝に沿ってピンと張られるような時である。私たちは、イチゴの白い花まで歩いていこうとしてイチゴの葉叢のあいだで力を使い果たしている小さな金色のスカラベを寛容に見守ってやろう。やっと目覚めたばかりで、まだ露のために身体が重くて、葡萄の木のバラ色の新芽の上にやってきて化粧をしようとしているミツバチを私たちは見つめている。私たちはクモのレースを引き裂いたりしないだろうし、私たちは、何も言わず、私たちのシャベルを動かさずに、モグラを殺したいなどと思うことなく、この毛深くて小さな動物の黒い悲しさに感動して、モグラを見つめるであろう。目が見えないそのモグラは、予告者である天使の多彩な色の翼の下でうっとりして呼吸している。それから、私たちは木の下に移動して煙草を吸い、小屋から出てくる羊の群れの物音に耳を傾け、埃だらけの街道に近づいていく馬車を眺めるであろう。私たちがしばらく待っていると、不意に、太陽の光線が差しこんできたばかりの谷間や草原から、騒々しい生命の物音が聞こえてくるであろう。

こうして穏やかに、朝の夜明けから、そして午前中から正午まで、時がゆるやかに流れる。大地の上に伸びている樹木のなかに登っていく光は、光の金色の手で触れて一日を丸くしていく。万事が、河の流れに沿って転がっていく丸い石のざらつきのように、調和がとれており適正である。

正午。そのあと、夜の方に傾いていく少し残酷な長い時間が続く。そしてその時間は太陽の光線で輝いており、さまざまな音響に満たされている。それはエフェソス［小アジアにあったイオニアの古代都市」の若い娘たちのようだ。その娘たちは、丘から谷間の水源まで下りてきて、太陽に満ちあふれている道でまず踊り、そして丸い腰を揺り動かした。そして、彼女たちが入りこんでいた谷間の影が彼女たちの足元まで伸びてくると、彼女たちのダンスは静かになり、彼女たちは膝まで、次いで腹まで、さらに胸まで、そして頭までその影のなかに入っていった。髪の毛が表面に浮かんでいた。そのあとは何も見えなくなってしまった。そしてその時、彼女たちは谷間の深い影のなかを泉の方へと静かに歩いていった。午後の時間はこんな風に過ぎていく。

夕方。西にある樹木という樹木はすべて、太陽に対して戦闘の最中である。樹木が背伸びし、まるで盾のように葉叢を持ち上げ、光を包み隠しているのが見えている。太陽光線が少しばかり葉と葉のあいだから染み出てきている。まるで盾が小さな動物の無数の皮でできているようだ。さらに、闘う樹木は天体[太陽]の急激な動きを何とか押さえつけようとしているので、盾の縫い目が今にも破れそうだ。しかし、この闘いでは、西の方にある樹木たちが勝利することは一度もない。かくして太陽は自由である。木々の幹のあいだから太陽が見えている。そこで、樹木の下に生えている草が、無数の槍をふるって戦いを開始している。少しずつ勝利を獲得していくのは草たちである。草たちは、エンバク、ハルガヤ、ウシノケグサ、クローバー、ウマゴヤシたちが振りまわしている攻撃的な無数の武器で太陽の奥底を突き刺しているに違いない。太陽は、くたばり、まるで卵のように、大地の下におりていき、空っぽになってしまう。そしてそれが夜である。その時――ただしそれは私たちが賢明な場合に限られるが――、私たちは夜の深い闇のなかを泉に向かって静かに歩くであろう。

2　トリエーヴの秋

今年の秋が、山々の上から私たちのところへ跳び降りてきた。何日か前から、大気は不安だった。私たちは、木々の緑陰を楽しんでいると、どうしても寂しい気持になってしまうのだった。私たちは、年末になると通常よくあるようなことを予想していた。実際に起こったことを予期していたわけではなかった。

私たちが住んでいたこの地方は、小さな丘の起伏があちこちに盛り上がっており、頁岩の土地に百メートルも切れこんでいる幅の狭い奔流に食い荒らされていた。それはほとんど垂直の大きな山々に周囲を取り囲まれている高地だった。それらの山々は、海の深淵のような青い色を見せていた。その岩の壁を登っていくと、山頂と麓の中間点のあたりで狭くて平らな地面にたどり着くのだが、そこがあらゆる希望の終着点であった。そこからふたたび下りてくる必要があった。そこでは、牧草地や平野を見下ろすことができた。濃厚に牧草が生えている肥沃で美しい牧草地は、あらゆる物音を押し殺していた。馬たちが牧草地をギャロップで疾走しても、たてがみが風を切る音しか聞こえてこなかった。泉をいくつか備えているポプラの茂みや、耕作地で赤茶色になっている丘の向こう側や、緻密に樹木が生えている木立や、野営地から煙が一筋あがっている森林などが見えていた。五つの大きな村が見えていた。そのうちの二つの村は、潅水用の水をしみ出している平原のなかで平らになっていた。ひとつの村は、小さな丘の頂に横たわっており、泡のように繁っているクレマチスのなかで左側に傾いていた。残る二つのいくらか野生的な村は、森林のなかに半分隠れていた。

秋は、まるでキツネのように、私たちに跳びかかってきた。柔軟な跳躍のような動作が行われた。秋がそんな風に夜のあいだに地上に着地するのが聞こえた。翌日になると、秋はもうそこに居坐っていた。秋は牧草地のなかをゆっくり転がりまわることからはじめた。秋は、柵になっているポプラに身体をこすりつけ、自分の毛をあらゆる樹木にくっつけて残した。いろいろと暴れながら、秋はカエデの木に爪をたてた。そうすると、カエデは葉のあちこちから血を流しはじめた。一日の中頃になると、牧草地は煙を出しはじめた。その煙は、灰の大きな堆積に風が吹きつけたときに舞い上がる灰に似ており、まるで雪のように白かった。ギャロップで疾走していた馬たちが立ち止まった。彼らは呻きながら互いに呼び合い、重い足取りで放牧地の囲いのなかに入り、頭を低くして全身の皮膚を震わせながら、ポプラの木々に守られている場所にとどまっていた。牧草地の例の煙の大きな塊を、私は手を空中にあげて捕まえた。手のひらに載ってみると、それは冷たく、少しねばねばしていた。私はじっと見つめた。私の手は白くて小さな星のようなもので一杯だった。それは花だった！　ヤエムグラの花、シモツケソウの花弁、トウダイグサの毛、サボンソウの雄蕊《おしべ》など、月の粉末のようにすでに乾燥し埃になっており生命を失っている物体だった。その匂いは私の身体の奥底まで、人間の大いなる恐怖が眠っているあの暗闇まで入ってきた。そのために血が黒くなってしまった。その時まで、空は何の変化もなく、光は分厚くブロンドの束になってその地方に下りてきた。空の高みには、薄くて極めて鋭い風が通過していった。しかし風が通過する様子は目に見えなかった。その風の音は高いところから聞こえてきていた。その物音とその匂いが不思議なのは、それらが私に悲しみと無気力の種をまいたというところにあった。あるいはもっと的確な表現をすれば、私のなかに潜んでいた昔の悲しさを掘り出してきたのだった。その結果、私は世界のなかにいるのだが、自分がまるで広大な湿地帯にいるように感じてしまった。何の役にたつのだろうか、と私は考えていた。これまで私は何のために暮らしてきたのだろうか？　小麦の刈り入れ、種々の樹木、ダンスや笑い声でざわめいている祭の最中の村、こうしたもののなかで私は幸福だった。ところが今では、私は苦しみのなかに落ちこんでしまっている。同じ苦しみ、いつでも同じ苦しみだ。私はじっとしていた。何をしたらいいのか分からなかったからである。動いても無益であり、下り坂はやはり下り坂であると、私は考えていた。向こうの上空では、夕焼け空のまん中に三つの美しい雲が到来した。周囲をすっかり金色で囲まれたその雲は、青くて冷たい積み荷の下へと重々しく沈みこんでいった。そうすると、ツバメたちが互いに呼び交わしはじめた。鍛冶屋は金槌を手放し、口髭をまくり上げ、カフェへ出かけていった。戸口にいた人たちは、空中に顔を向けたあと、店に入った。ランプが灯された。村では人々はもう誰も話さなかった。聞こえるのは、出発するために集まってきている鳥たち、いつもこれらの村に集まってくる馴染みの鳥たちの鳴き声だけだった。

一日の間ずっと、カエデを血まみれにしていた傷が広がっていったので、街道は血の付いた両側のカエデの並木で縁取られていた。内にこもった炎症が大地を膨らませていた。ポプラの木々は冷たい炎を燃やしていた。しかしその炎は太陽よりも光り輝いていた。蛇行する熾《おき》が垣根のなかを走っていた。傷ついた牧草地は、小川に沿って青くなっていた。炭化したコルチカムが、硫黄の蒸気を発散して、牧草地を窒息させていた。森林は抵抗していた。その森林は無愛想で頑丈なモミの木々とともにいた。私たちは森林に暮らしている男たちを羨ましく思っていた。というのも、牧草地に生えている私たちの弱々しい樹木、私たちの木立や、私たちの泉のそばにあるポプラの木々など、こうしたものはすべて今ではもう燃え盛る火でしかなかったからである。そして毎日、一日ごとに、燃え上がっていた樹木はその赤茶色を減少させ、より黄色く、よりかぼそくなっていった。すべてが消え去っていこうとしてるのがよく感じられた。馬たちは厩舎のなかに入れた。馬たちは震えていた。頭を法外に振り動かしてくしゃみをしていた。柵に頭を強打しそうだった。夕闇が下りてくるとすぐに、斜めに降ってくる長い雨が垣根の下を探り、樹木の下に入りこみ、木の葉叢のあいだをうろつき、鞭で叩くような感じで窓を力いっぱいに叩きつけた。その雨は窓ガラスの接合部分から部屋のなかに入りこんだ。私たちは掛布団をかぶったまま、思い出を温めていた。翌朝になると、私たちはベッドのまわりに大きな水溜りを発見した。

林のなかにある二つの村のうち、ひとつはサン＝ボディーユといい、もうひとつはフレミエという村であった。この二つの村は、火と水の威力による腐敗のさなかにあって、私たちの希望を担っていた。そこでは、変化したものは何もなかった。モミの木は花崗岩のように固かった。私たちは生き生きとして頑丈なその樹木の緑を眺め、心のなかにいくらかの喜びを感じるのであった。夕方に、ひとりの騎手がサン＝ボディーユからやってきた。雨による大きな水溜りのなかを、彼の馬は並足で歩いていた。彼は医者はいないかと訊ねた。そのあと、彼はラム酒とコーヒーを飲みはじめた。向こうの二つの村は大量の醜い茸に包囲されてしまっている、と彼は言った。傷を思わせるその茸はいたるところに押し寄せており、胞子嚢《のう》のようにきわめて埃っぽいので、村の家という家はすべて汚染されてしまっているということだった。そのために、女たちは奇妙な陶酔状態におちいっており、男たちは何をするのも無気力になってしまっている。コロンブ・カトランをベッドに縛りつける必要があった、と彼は語った。コロンブは呻き、泡を吹き、両腕をよじらせ、目をまわし、錯乱状態に陥って〈空を遠ざける〉ほどの言葉を叫んでいたということだ。この騎手は、大きな農耕馬に乗って並足で穏やかに立ち去っていった。

それに続く何日かの間、茸の匂いが私たちのところまでやってきた。そして、それ以外には別に話すに足りるようなことは何もない。何も起こらなかったからである。まったく何も。私たちはみな何かが起こるのを見たいものだという欲求を抱いていた。

3 冬

美しい沈黙が続いていた。ついで、氷が軋みはじめた。ずっと以前から、山の上の方で森林は動きを抑えつけられていた。裸地になっている広大な牧草地の全域にわたって、森林は足をふんばって立っていた。森林の黒い脚は雪のなかに突っこみ、厳しい表情の額を空に突き上げ、凍結し濃密になっている枝は鹿の角のように大きく広がっていた。森林は待っていた。森林はもう動くことも、息をすることも、風に引っ掻いてもらうために腕まくりすることも、何もできなかった。樹液は、あまりにも細く、あまりにも寒気のなかに埋没してしまっている小さな枝から撤退して、幹の奥底に潜むために下降してきていた。樹液は、幹の周辺の部分に守られ、夏に行ったありとあらゆる跳躍を思い起こしていた。時おり、樹液は鳥たちのことに思いをはせていた。その時、重くなっている枝たちが必死の努力をしていた。しかし雪は、少しずつ、次第しだいに、幹に沿って高く降り積もっていった。ある朝、森林は、雪のなかで、疲れた大きな雄鹿のように、大きな角を備えた額を下げた。

風はもう峠を通り抜けていかなかった。そこには空による不都合な壁があった。その黒っぽい青色の壁は、まるで板のように風の通行を阻んでいた。風が上の方で呻いているのが、長い間、聞こえていた。風は、鋭い岩に向かって愚痴をこぼし、息を吹きかけていた。風はこちら側へ滑りこもうとしていた。風は、ビロードのような森林や、牧草地や、急流や、ありとあらゆる小川や、草のなかに隠れている水源地などを思い出していた。その水源地は、風が通り過ぎると、牧草地のあらゆる花々を前方に跳ね飛ばしながら、身体を動かし身振りをし物音をたてて、まるで猫のように息を吐きかけていた。

風は、ある時は、空に舞っている雪のなかを走っていた。ある夜、山の向こう側で、鈍い音をたてて何者かが叩く音が聞こえた。それは、山小屋の厩舎に病気の馬を構わずに放置しているとき、仕切り板を足で叩いたりしていたその馬が死んでしまうときに発するような物音であった。

その翌日は、美しい静寂が広がっていた。その静寂は終わることのない優しい唸り声のようだった。

ここからだと、先ず森の縁《へり》をたどり、そのあとまっすぐ森林に入っていくべきだった。すぐに、森のなかの空地のほのかな光が見えてきた。それは、あたり一面がすっかり白というなかでいっそう光り輝いている斑点で、まるで炎の中心のようだった。中央にある家は、かろうじて隆起しているのが見えていた。雪は、家の屋根に触れ、屋根の上に登り、向こう側に下り、ドアの上にとどまった。樹木がなくなっているところを通ってまっすぐ進んでいくと、すぐさま下りはじめる。ついで、小さな突起があり、そのあとは谷間の端にたどり着く。谷間はずっと上の方まで霧と雲で覆われていた。しっかり注意しなければならない！　雲は、絶壁の縁ですぐさま雪と癒着したばかりである。雲の方が雪よりかろうじていくらか灰色である。どこが雪なのか、どこが雲なのか、私たちには判別できなかった。どこが持ちこたえるのか［上を歩いても大丈夫なのか］、どこが持ちこたえないのか、私たちには分からなかった。私たちの前には大きな不動の平面があった。それは、牧草地のような、樹木が生えていない広大な平原だった。この見せかけの牧場の下には、五百メートルにわたって地面が垂直に落ちこんでおり、その下の奥底には、葉を落としたポプラや、黒いブナや、機械を入れるための小屋や、冬の毛の塊をまとっているラバや、秣桶に首を突っこんでいる牛や、チーズを捏ねている女たちや、窓のところへ天候を確かめにやってくる男たちや、靄のなかを走りまわっている木靴を履いた少年たち、以上のような物があり、人や動物がいるんだということを私たちは知ることができなかった。そんなことは不可能だった。正確なことを知ろうと思ったら、じっくり眺めてみる必要がある。雪の上にキツネが通ったことを示す軽やかな足跡があった。それは刺のある小さなバラと似ている。漫然と眺めている限り、それは雪でしかない。キツネが立ち止まったところに見えるのは、雪だけである。キツネは垂直に落下したのだろうか？　キツネが、その場所から大きなモミに向かって後ろに跳躍し、ムイユ＝ルッスの山小屋の方へと道を探っていったのだろうか？　キツネは、靄の美しい球のなかで丸くなり、そのあと、手足を振りまわしながらこの雲でできた沼地を横切って、向こう側にあるユーブル山［オート＝サヴォワ地方に実在する山の名前、『世界の歌』にも出てくる］の先端に接近していくことができた。そんなことを誰が知っているだろうか？　キツネには何でも可能なのだ。そしてそのあと、沈黙が訪れた！　そしてキツネのことはもう何も分からないし、希望もない。足や肺を備えているキツネの生命を作っているようなものはもう何もないのだ。あれは本当のキツネだったのだろうか？　足跡には、もちろん四つの爪と手のひらがあった。キツネが通過したあとでふたたび凍ったところには、足跡のそばに、キツネの脚の長い毛が這うように落ちていた。さらに左側には、いくらか押しつけられた毛もあった。底の方へと下りていく入口があるのはそちら側だし、キツネは歩きながらそんなことを思い出していたに違いないからである。そう、それが本当のことのように思われた。間違っていることは、いつでも本当のことのように思える。何故なら、沈黙が！……　すべてが死滅してしまっているこの大いなる沈黙。そのような沈黙を作り出すためには、万事が必ず死んでいるはずなのだ。そして、何か新しいものが生きているはずである。それが、雪で押し潰されている森林や、風のない空や、寒さなどに対して特別に用意された沈黙のキツネではないなどとは言えないであろう。そして、そうしたキツネなら雲の上を歩いていかないだろうか？　何故だろうか？　あなたならそのことを知っているだろう？　誰がキツネがそうするのを阻むだろうか？　あなたが阻むのだろうか？　それなら、あなたには事情がよく分かっているはずだ！

　森のなかの空地にある家は煙を大量に吐き出した。男が外気に触れようとしたのか、あるいはムイユ＝ルッスまでパンを探しに下りていけるかどうか見るために、ドアを開いたのに違いなかった。行って戻ってくる時間の余裕がある。登りは長い。彼は耳を澄ませた。沈黙そのものが、彼が発する唸り声を押し殺してしまっている。何も聞こえない。地上にも空中にも、もう聞こえるものは何もない。男は小さな鏡で自分の姿を見たばかりだった。不意に、自分がすっかり年寄りになっているのに気づいた。下に行くと、男は口髭と頤鬚を剃る習慣だった。ここでは、試してみるために髭は伸び放題にしている。口の上に伸びている髭が青白く、頤鬚がブロンドで白いということを確認したばかりである。雪はかんじきには持ちこたえるだろう、しかしスキーの場合は確信が持てない、と男は考えた。森の向こうの傾斜のまん中あたりの雪の状態はどんな具合なのか調べる必要がある。スキーでひとっ跳びすればあっという間に着いてしまうとも男は考えた。ムイユ＝ルッスには三軒の山小屋が寄り添っている。そのうちの一軒には、フェルナン・プラート、ゼフィリーヌ、老レサシャ、そしてボロメがいる。もう一軒には、五頭の雌牛、堆肥の匂い、雌山羊、乾いた干草、大きなランプなどがある。最初の山小屋には、広いテーブル、鍋、コーヒー沸かし器、大きな鉄の音を立てて開くスプーンが入った引き出し、玉杓子、片手鍋、テーブルの上にナイフでつけられた目印、ストーブの近くに架かっている食料品店エスパルシャスのカレンダーなどもある。カレンダーには、上下の歯でバラを支えている褐色の髪の美人の写真がついている。下に行くと色んなものがたくさんあるんだ！　彼はスキーを履く。行ってみれば分かることだ。

ドアを閉めようとしたとき、彼は何となくテーブルの上を見てしまった。トネリコの木片を削って小さな人物を作ろうとしているところである。頭部はすでに現われ出てきている。身体の部分はまだ木材のなかに埋没している。そうだ、目や鼻や口が形になっているので、頭部はもうできている。口は「かんじきの方が確かだよ」と言っているようだ。

みんなの意見に従えとでも言うのかい！

4　希望の水源にて

男たちはふたたび物悲しく神経質になっていく。戦争が終わったとき、男たちはこれからの暮らしは希望で満ちあふれたものになるだろうと考えた。しかし彼らは間違っていた。彼らはほんの少しばかり広々と生活してもよいという許可を得ただけのことだったのである。彼らは、漆喰やセメントや鋼鉄を使って建築することに熱中しはじめた。建築とは、絶望した人間が行う活動である。希望と均斉に飢えた状態になるたびに、人間は大地と水を無駄使いし、石を積み上げ、建築した。秩序と不動のリズムとで成り立っている望み通りの形態を自分の前に建築した。絶望のさなかにあって、自分の力や、公正さや、希望を持つ理由などを具体化する必要性を感じた最初の人間は、壁を築いた。彼は石の上に石を置き、手で漆喰を叩き、指を使ってその漆喰を溝のなかに押しこんだ。夜になると彼は草の上に横たわった。平和な状態が訪れるのを待っていると、世界に通じる街道に隊商を押し出していく〈不幸だ！　不幸だ！〉という昔からの叫び声が、自分の胸のなかで膨れあがってくる物音が彼には聞こえていた。彼はシャベルと鏝《こて》を、さらに巻き上げ装置を、そして鋼鉄の梁を作り出した。そして、石切り場の奥に行き、最も硬い粉末と、最も早く乾くセメントを選び、自分の苦悶を誇らしげに無視し、築き上げる壁がいっそう広く、いっそう分厚く、いっそう高く、そしていっそう堅固に開花していく［充実していく］よう彼は工夫した。それは、ひと言で表現すれば、平和や喜びや秩序や自然に飢えている彼の絶望の度合いに応じて、開花していくのだ。それは、彼が心のなかで発声しているわけではない唯一の言葉であり、彼の大いなる平凡な沈黙のなかですっかり平らにすっかり秩序立ててしてしまって、すべてをひっくり返してしまったかもしれない唯一の言葉でもあった。

時おり、森林の縁で詩人たちが〈不幸だ！　不幸だ！〉と、あるいは〈幸福だ！　幸福だ！〉などと叫んでいた。いずれを叫んでも同じ結果になっていくのであった。この幸福を構築できるものは誰もいなかったからである。時おり、柔らかな足を備えている画家たちが草の上を歩き、やってきて、毛でできた筆と絵具を使って壁を抹消しようと試みていた。彼らは、漆喰の上に、狩りや、嵐や、天使たちの度を失った航跡によって動転させられている空などの絵を描き、さらに、地面すれすれに詳細に、小さなサラダ菜のぎざぎざの葉、ヒナギクの穏やかさ、オオバコのブロンドの靄、草たちの巻き毛になったうねりなどを模倣し絵画に描いていた。三歩後退し、目を凝らし、頭をかしげて、力任せに全身を使って進んでいくと、理想の土地が一瞬見えてきて、壁が消えていった。しかし、アンジェリコ風の微笑が唇の上を蛇行しはじめるとすぐに、次のような物すべてが〈不幸だ！　不幸だ！〉と叫んでいた。鏝、砂、手押し車、セメント、切り倒された樹木、鶴嘴による基礎工事、鉄の鋲、吹管［炎などを吹きつける管］、鎖、槌と鉄板の大音響、鉱山用のバール、ダイナマイトなどが！　足場、梯子、綱、仮設橋！　私たちが築いた壁は充分な高さではなかった！　もっと高く、もっと高く、もっと幅広く、もっと徹底的に基礎がしっかりした壁が必要だ！　斑岩が眠っているところまで蒸気浚渫機を使って地面を掘るんだ、溝を拡張するんだ、鳥たちが石工になってしまったかと思われるほど、空高くの狭い奥底まで石を持ち上げるんだ。私たちの絶望はあまりにも大きい。ああ！　岩とセメントで組み立てられた、神々の平衡を備えているような壮麗な母屋を目の前に所有したい。壁だ！　何といっても壁が必要だ！

あまりにもたくさんの壁を築きすぎた私たちは、私たちの時代の終着点にきている。私たちは私たちの絶望の瞬間にたどり着いてしまった。それは、私たちの残忍性のせいで、私たちが互いに重なり合って投げ出されてしまいそうな瞬間である。詩人たちにはもう何が何だか分からない。彼らはすべてを行ってきた。行うべきことはすべてやった。彼らは、どちらかというと運がよかったかもしれない自分の優秀さを誇ってきた。彼らはそれを男たちの鼻の下で揺り動かしてきたのであった。彼らはラッパ、クラリネットそしてシンバルを演奏し、色々と馬鹿な真似をした。彼らは空中ブランコや曲芸や軽業やごまかしやいかさま賭博や殺人や怪しげな商売をこなしてきた。時には、こんな風に叫ぶこともある。

「男爵夫人、王妃、ソローニュのシャトー、馬と猟犬を使って行う狩り、侯爵夫人は寝るあるいは寝ない」

そして、他の詩人たちはすべて、まるで古代の合唱のように、低音で荘重に繰り返す。「男爵夫人、王妃、ソローニュのシャトー、侯爵夫人は寝る」と。この騒音はうんざりさせる。そうすると別の詩人が叫ぶ。

「俺は発見した！　血を、逸楽を、死を、死体の匂いを、肉に群がるウジ虫の美を」

合唱隊員たちは大急ぎで駆けつけ、整列し、鬚を利用して唸り声をあげる。「血を、逸楽を、死を……」と。

「民衆主義《ポピュリスム》！　私は民衆である、君は民衆である、私たちは民衆である。ああ！　民衆なのだ！」

彼らはすべてのことを行ってきた。行うべきであったこと以外のことはすべて。ごまかしや堕落のあらゆる手本。悪徳の集大成、絶望の百科事典、血膿と痰の実験室。そして今、彼らは嗅ぎ煙草入れに向かってくしゃみをする麻薬吸飲者のような存在である。何かしっかり言うべきことを持っている人たちは、いったいどこに行ってしまったのだろうか？　私たちは、私たちの時代の終着点にきている。

詩人は、希望を伝える教師でなければならない。この条件を満たしてこそはじめて、詩人は労働する人々のそばに自分の場所を持ち、パンを食べワインを飲む権利を有することになる。というのは、詩人は労働をしないからである。彼が何かを行うとすれば、彼はそうせざるをえないからそうするのである。彼は一種の怪物のような存在で、彼の五感は強烈な個性を持っている。詩人である彼は、自分の腕や手や目や耳や皮膚などのまん中に位置している。それは、子供が巨人たちに連れ歩かれているような具合である。詩人は普通の人たちより遠くまで見通さねばならないし、物事を予感しなければならない。彼は途方もない肩の上に乗っかっている。地平線が下がってしまうので、彼の視線は詩人たちの地平線の果ての向こうまで飛んでいく。そうすると星たちの香りが彼の上に落ちてくる。詩人に委ねられている仕事、それは言葉を発することである。彼はそうするよう任命されている。他の者たちは労働を行う。そこで、当然のことながら、彼が生きていくための許可と権利を獲得するために、彼は希望を伝える教師でなければならない。

健康ではちきれそうな人々の前で、干し草、草、平原、ヤナギ、河、モミ、山、丘などという自然に関わる普通の言葉を話せば、彼らは魔法の指で触れられたように感じているのが見てとれる。おしゃべりの人間でも、もう話さなくなってしまう。身体の強い人たちは上着の下の筋肉をそっと膨らませるし、夢想家ならまっすぐ自分の前を見つめる。その瞬間に、自分の魂の小さな声に耳を傾ければ、私たちは、その声が、まるでついに到着したかのように、〈ついに!〉と言っているのが聞こえるであろう。私たちは、私たちの奥底にある広大な泥土が、力がみなぎっているために光り輝いている新鮮な水が到来したので、感動しているのを感じる。私たちはあまりにも町や壁で身体を覆いすぎている。私たちは、私たちの反自然的な形態を帯びている私たちを見るのにあまりにも慣れ過ぎている。私たちはいたるところで、平衡や秩序や尺度のために、壁を築き上げてきた。私たちは、自分が自由な動物であるということをもう知らなくなっている。しかしながら、誰かが〈河!〉と言えば、ああ! その時、山のなかの流れや、森林のなかを肩でぐいぐい押して流れている流れや、樹木を根こそぎに倒してしまう川や、泡を噴き出して歌っている島や、平原の泥の上を流れる平らな川の豊かな水の流れや、海に向かっての真水の河の跳躍など、こうしたさまざまな河の姿を私たちは思い描くことができる。

世界！　私たちは、事務所や、工場や、メトロや、バスなどのために作られているわけではない。私たちの使命は、自動車や、飛行機や、大砲や、トラクターや、機関車を作ることではない。私たちの目標は、肘掛椅子に坐り、大西洋横断ケーブルを通じてメッセージを送ることによって世界中の小麦のすべてを買うことではない。私たちの親指が他の指たちと向き合っているのはそうしたことを行うためではない。私たちの虚偽の世界で私たちが働いているのはすべて、私たちが身につけるズボンや、上着や、ドレスや、靴や、帽子などを作り出す必要があるからである。

私たちの足は新鮮な草の上を歩きたいし、私たちの脚は、雄鹿を追いかけ、馬の腹を締めつけ、腕の力で流れを押し開いている間に身体の後ろの水を叩きたい。私たちの全身を使って、本物の世界に触れてみたいという激しい欲求を私たちは感じている。

以上が詩人の使命である。

キツネの吠え声のなかには、森林のすべてが内蔵されている可能性がある。私は樹木の揺れ動きや、山の回廊に生えているモミの木々の唸りを歌う。森林に覆われている広大な平原、その平原は、丘の上にあがれば、海に似ている。緑がかった金色の奇妙な道を通って下りていくと、その平原は開いていく。平原は沈黙しており、イタチたちは逃げていき、ツタは楢のまわりにからみつき、小鳥たちは、恋のために樹木の葉叢のなかを、まるで多彩な色の小石のように、飛びまわっている。埃や水を跳ね上げながら野生の馬たちがギャロップで疾走している砂浜の海岸。その地方を通り過ぎる雨、雲たちの影、渡り鳥たちの移動、沼地で[獲物に]飛びかかるカモたち、村の上空を旋回し、霰のように落下し、今では、厩舎のなかで馬たちの腹の下を飛翔しているツバメたち。川や河を下っていく魚の大群、海の呼吸、星を無数に撒き散らしている夜は、発芽するためには千億世紀を必要としている。

私は動いている律動と、無秩序を歌っている。

正確な事実

一九三九年十月六日

1

一九三八年九月二十八日の午後四時頃、私たちを取り巻いているすべてのことが極端に明らかになった。もはや態度の急変も恭しい虚偽もなかった。自分が深淵のぬるぬるする口元で滑っているのを感じながら、私たちはこんな風に思っていた。「これは大変だ。周囲がはっきり見えるようになったので、私たちが急に自由になったのが分かったまさにその瞬間に、私たちは死に向かっているとは。」私たちがそこから立ち直る可能性はもうないだろうとみんなは考えていた。総動員令のビラは夕方六時に張り出されると予告されていた。この最後のときになって、私たちの不幸について書いたり話したりした人たちは、みな多かれ少なかれ私たちの情勢の方向を意識しながら、私たちを悲しい運命[戦争]に追いやるのをためらったりすることはもうなかった。刻一刻ごとに、裏切る予定だった人たちはすべて、裏切っていた。国民が冷血漢たちに委ねられるとき、一種の正義とでも言うべきものが国民をあらゆる束縛から解放するということは確認しておかねばならない。国民が処刑台にあがるのは、裸で自由な状態においてなのだ。現在にいたるまで法螺吹きたちが危険にさらしたものは何もない。自由ではあるが、あまりにも手遅れになって自由な国民は、斧の下に首を傾けた。そして斧は落下しようとしていた。今回、裏切るべき人たちはすべて裏切った。しかし、斧は落下しなかった。こんなことは世界ではじめてである。私たちは自分の命が続いていることにあまりにも驚嘆している。尋常でない何かが起こったのだ。私たちには自分の自由を利用できないだろうということはあなたもお分かりだろう。すでに私たちには、一九三八年九月二十八日の午後四時頃ほど明瞭には見えなくなっている。この瞬間、私たちの前では、戦争以外のものなら何でもいいということが、みんなにはよく見えていたのであった。すでに人々は議論している。裏切るはずの人たちは、戻ってきて、そして法螺を吹いている。だから、正確な事実を述べることを急ぐ必要があるのだ。

2

いかなる時にロマン・ロランが法螺を吹かないというのか、私は知りたい。九月のはじめ頃、彼は次のような電報をダラディエ［フランスの政治家、当時の大統領、一八八四―一九七〇］とチェンバレン［当時のイギリス首相、一八六九―一九四〇］あてに送っている。

「危機に瀕している平和のあらゆる擁護者たちを代弁する私たちは、フランスとイギリスの政府に、チェコスロヴァキアの独立と清廉潔白を、つまりヨーロッパの平和を阻害しようとして、ヒトラーによって遂行されている暴挙を食い止めるために、即座に両者一致して、緊密な団結と強力な措置によって、民主的な強権を発動することを要求する。

ロマン・ロラン、ポール・ランジュヴァン、フランシス・ジュルダン」

この電文のなかには強調する必要のある言葉が含まれている。それは「強力な措置によって食い止める」という表現である。一九三八年九月にあっては、私は充分にフランス語が分かっていると思うので、これは必要な場合には戦争によって食い止めることを意味しているということは理解できる。一九三八年九月では、強力な措置は戦争を意味しているのだ。ヒトラーが「私のあらゆるエネルギーを使ってスウェーデン人たちからドイツ人たちを守るだろう」というたびに、私たちはそれは戦争のことを言っているんだと考える。ムッソリーニが「アルプスの向こうの隣人たちが軍備を続けるなら、私たちは強力な措置を取るだろう」と言えば、やはり戦争のことを言っていると私たちは考える。ロマン・ロランがダラディエとチェンバレンに「ヒトラーの暴挙を強力な措置によって食い止めねばなりません」と言うとき、やはり同じことを意味している。ヒトラーの暴挙を戦争によって食い止めねばならないと言っているのである。まさしくそういうことなので、言葉の持っている重要性をしっかりと心得ているアランは、ダラディエとチェンバレンにあてて、ロマン・ロランの断言に反駁している。

「ランジュヴァンとロマン・ロランの電報による断言とは反対に、フランス人民の大多数がヨーロッパ戦争の醜悪さを意識しており、イギリスとフランスの緊密な一致団結を期待している。それは軍隊機構の地獄のような循環のなかに入るのではなく、戦争が拡大することに抵抗し、公正な調停によって、そしてチェコスロヴァキアの中立性に到達するための新たなヨーロッパ法規を目指しての断固たる自主的活動を、平和を守るために行うものである。

アラン、ジャン・ジオノ、ヴィクトール・マルグリット」

この抗議文の表現は「強力な措置」という言葉の意味を確認している。みんなは「戦争」だということを理解していた。ロマン・ロラン氏の友人たち、つまりロマン・ロラン氏の陣営の人たちも、「強力な措置」の意味を完璧に理解していた。この陣営が発行している新聞は公然と戦争について語っている。彼らは戦争をする用意ができていると言っている。そして彼らは、「リュマニテ」紙の記事や「ルガール」紙の記事や写真から、さらにコミュニストたちのグループによって表明されたいくつかの動議から判断するならば、フランスとイギリスの政府に戦争によってヒトラーを威嚇してほしいと要求している。私はここではコミュニストたちの責任について云々するつもりはなく、ただ単にロマン・ロラン氏の法螺を明示しようとしているだけである。そしてそのことを明示するために、ダラディエとチェンバレンにあてた電報で彼(ロラン)が言おうとしたこと、それはこれら二人の国家的な人物は、軍隊を徹底的に動員してから、銃に弾丸を装填し、大砲を敵に向け、ヒトラーに向けて機関銃を用意し、つまりすっかり準備の整っている武器を構えているということを私が確信しておく必要があるのだ。ロマン・ロランはこう言っている。「強くなるために結集しよう、そしてその武力によってヒトラーを脅かそう。」ロランの陣営の人たちは次のように付け加えているし、ロランも次のことは承認している。「そして、私たちの武力を誇示するこの光景を目にしても、ヒトラーが譲歩しないならば、目下行われている戦闘に決着をつけるために、この武力を行使しよう。」ロマン・ロランが自分の名前を署名しているのはこうした内容を承認するためである。

十月一日の「作品」紙には、「戦争に反対する。〈教員たちの味方についているロマン・ロラン〉」というタイトルが見られる。呼びかけに応じて参加を表明した主要人物たちのなかに、今日ではロマン・ロランに注目することができる。呼びかけの文章はいかなるものだったのか？

「〈私たちは戦争は望んでいない。〉」

「この重大な時期にあって、フランス国民の大多数の感情を代弁しているという確信を抱きながら、私たちは現在の国際的な危機に対する〈平和的解決への私たちの意志〉を表明しておきたい。」

「団結がわずか数日前までは可能だと見なされていたのに、その原理の問題が切断されてしまった現在、手続きや自尊心や威光などの理由で、国家的な人物たちが、何週間も前から重ねられてきていた交渉をいきなり終わらせて、ヨーロッパ全体を最も醜悪な戦争のなかに投げこんでしまうなどということを、私たちはどうして認めることができるだろうか？」

「私たちは、フランス政府に、次から次へと生じてくる難問にくじけることなく、〈交渉の道を〉忍耐強く続けていくよう要求したい。」

「私たちは、フランス政府に、フランス国民の平和への熱烈な意志をこうした交渉のなかで表現してくれるよう要求したい。国民は、ヨーロッパの戦場ですでにあれほど多数の犠牲者を出してきているのである。」

「私たちは、ルーズヴェルト大統領の理性的なメッセージが合意されるよう要求したい。平和は戦後にではなくてむしろ戦前に実現しなければならない。〈武力は、人間の未来に対してもその幸福に対してもいかなる解決ももたらすことはない。〉」

この呼びかけは、教師たちの国立組合や、フランス郵政局の国立職員組合から出てきたものである。彼らの勇気と良識は全面的に祝福され感謝されるべきものである。最初に署名したのはアラン、ジャン・ジオノなどである。そのすぐあとにヴィクトル・マルグリットの名前が見られないのは、彼の奥さんが亡くなったばかりだったので、署名するのが間に合わなかったからである。しかし彼はそのあとすぐに署名した。それは論理的である。ロマン・ロランの電報に反駁するために彼ら三人がまず署名したのは、まさしく電報の表現に関してであった。この呼びかけのなかで、ロマン・ロランを一語一語反駁しているところはすべて強調しておいた。この呼びかけの精神は、ロマン・ロランの電報の精神と激しく対立している。例えば、〈交渉の道を忍耐強く続けていく〉は〈強力な措置によって強権を発動する〉の正確に反対のことを意味している。ロマン・ロランは矛盾している二つの文章に署名している。少なくとも一回は、彼は法螺を吹いている。少なくともひとつの署名は、彼が誰かに威嚇されて行ったものである。おそらく彼は二度とも法螺を吹いていたのではないだろうか？　そして悲しい真実は、自分のところに持ってこられたものには何でも、ペン軸を持つだけの力が彼の指に残っている限り、彼は署名していたということかもしれない。これは、文書を偽造することなく、他人の手が彼［彼の手］を用紙の上まで導くための厳密に必要不可欠な条件である。

3

故ロマン・ロラン。

4

いかなる瞬間に、ランジュヴァン〔物理学者、一八七二―一九四六〕は清廉潔白であろうか？　先ず、科学的権威のすべてを振りかざして、彼は化学戦争の恐怖を描写している。化学戦争が彼の言う通りだとしたら――私はその通りだと思う――、そしてその戦争が勃発すれば、現代の世界が終わりを迎えるのは、すぐに分かることである。化学戦争が世界に生じたら、その時はもう、言葉の本当の意味において、勝者も敗者も存在しないであろう。悪疫を放つ砂漠のまんなかには疲れ果てた人間の群れが二つか三つ残っているだけであろう。そのうちに彼らも、肺ペストやコレラや精神異常によって齧《かじ》りつくされてしまうであろう。良識を具えている人間であれば、化学戦争は万事を破壊してしまうのだから、精一杯の調停を重ねることによって、そのようなものを利用するなどということは避けるのは当然のことである。ランジュヴァンが、「私たちの見るところ戦争を正当化できるものは何もない」という文章で終わっている声明書に、アランとともに、三年前に署名しているのは彼の精神にきわめて合致した態度である。

そうではあるが、彼がフランスとイギリスの政府に強力な措置によって阻止するように要求していることから判断すると、彼が見るところでは、戦争を正当化することができる何かがありそうだ……。彼は〈戦争〉という言葉を書いたわけではないと私に指摘する人がいるだろうということも私は心得ている。戦争という語の代わりに、注意をそらすために彼は「平和」という語を書くことまでしている。一九三八年九月二十八日の午後のことを思い起こしてほしい。八番「動員の入隊期を指す、この場合は一九〇八年生まれの兵士を指している」が召喚されたあの瞬間である。あの瞬間、〈強力な措置〉は〈戦争〉を意味していたのではなかったか？

戦争を利用しても人間の文明にいかなる危険ももうありえないということであれば、また化学戦争が三年前からその毒性のすべてを喪失してしまっているのであれば、ランジュヴァン氏は私たちにそのことを知らせるために科学的な著作を自分に対して――さらに私たちに対しても――書くべきである。ランジュヴァン氏が一方ではその恐怖を常に〈確信して〉いながらも、同時に〈強力な措置の使用〉を推奨するほど不誠実であるなどということを、私は考えたくない。

5

彼らは生命よりも正当性を好む。彼らは、他人の生命よりも、自分たちの正当性の勝利を好む。世界中が死んでしまえばいいんだ。しかし、私の陣営が勝利をおさめてほしいものだ。私はヒトラーを忘れているわけではない。私は自分が書いていることを書きながら、彼のことも考えている。

6

そして、私はダラディエを忘れてはいない。

彼は冷静沈着にフランス国民を祝福した。

彼は冷静沈着だったわけではない。彼には名状しがたい恐怖があったのだ。

九月二十六日にいたるまで、B[ブリアンソン]の近くの田舎の小集落に私は滞在していた。隣人のC夫人[架空の人物]のところには四名の召集可能な男がいた。三人の息子と一人の娘婿である。

彼らは四人とも台所に集まり、ひと言も話さず、煙草も吸わず、坐り、腕をぶらぶらさせ、首をうなだれていた。火は点火されておらず、鍋は空っぽだった。三日にわたりこのような状態の四人を私は見ていた。彼らは四人ともいつも同じ場所に坐っていた。時おり、ずっとテーブルの上に置かれていたチーズを少しばかり食べていた。そのチーズはせいぜい二百グラムくらいだった。三日経っても半分以上のチーズが残っていた。三人の若い農民と一人の労働者である。彼らは三日のあいだに四人でほぼ八十グラムのチーズを食べたことになる。万事が尋常ではなかった。私もまた食べなかった。この三日のあいだ誰かしっかり食べた者がいただろうか？　冷静沈着に！　C夫人は屋根裏部屋にあがっていた。私が仕事をしていた小さな部屋はその隣に位置していた。彼女は物置のドアを開けたままにしていた。私は彼女を見ていた。彼女は靴を入れるための古くて空《から》の箱を取り出していた。彼女はその箱を蓋で覆った。そしてそれを足元に置いた。彼女は古くなった鉄製の空の箱を取り出した。彼女はその中を見つめ、蓋をし、その箱を自分の近くに置いた。一ダースの様々な箱を彼女はそんな風に扱った。最後になると、彼女はふたたび同じ動きをはじめようとしていた。「C奥さん、あなたは何をしているんでしょうか？」と私は彼女に言った。話しかける前に事態を知る必要があるのです、大統領様。これは特殊な場合で、それにこれは謙虚な女性であった。しかしフランス国家はこのような特殊な場合で構成されており、この謙虚さこそフランスである。彼女は哀れな目で私を見て、「自分が何をしているのか私にはもう分かりません、気が狂いそうなのです」と彼女は私に言った。私の言うことを信じてほしい。四人の若者たちは出発したくないのだ。そしてあなたの憲兵がいないのならば……。これが謙虚な真実なのです、大統領様。フランスのありとあらゆる村には、村人たちの心に嫌悪感を抱かせ、村人たちの身体から魂を噴き出させるような恐怖があった。出発して、あなたの命令に従うということに対して、打ち勝ちがたい嫌悪感があったのだ。あなたに服従したらあなたを助けることになると知って若者たちは猛烈に苦しんでいた。そして彼らは、あなたが若者たちの身体や魂に従事させる仕事は、並外れて恥ずかしく卑劣なものであると若者たちは感じていた。というのも、あなたがあの時に準備していたもの、それは戦争だったのだから。そして、そのことをあなたに面と向かって言う必要がある。あなたには、すぐさまあるいはもっとあとになって、そのことを役立ててほしい。そうではない。フランス国民は、冷静沈着に戦争に向き合っていたわけではない。［そんなことができるなら］フランス国民は非人間的で狂暴な怪物であるに違いない。そうではない。国民は、言いようのない恐怖にかられており、打ち勝ちがたい不快感を味わっており、あなたの命令に従うくらいなら自殺したり手足を切断する方がましだとしばしば——新聞が発表してきたよりももっと頻繁に——思うほどの嫌悪感を体感してきた。冷静沈着な態度があるとすれは、それはあなたに対面する時である［動員に反対するだけの冷静沈着を、つまり勇気を持ちたいのだが、フランス国民の冷静沈着を祝福した大統領を前にすると勇気は硬直してしまう］。リュシ＝シュル＝キュール［オーセールの二十五キロ南東の村］において、パリの会計士が、戦争の恐怖に取りつかれて（この数語のなかにこめられているおぞましい人間の真実がお分かりでしょうか、大統領様？　私たちは、あなたの政治やあなたに恒例の法螺話とは遠いところにきている）、自分の妻を殺害し、自らを傷つけ重症に陥り、それ以来彼は死に瀕している。彼の両親は、自分たちはもう死ぬしか仕方がないと表明している。昨日、彼らの家が閉まったままなのを見つけて不安になった隣人たちが憲兵隊に通報した。憲兵たちは、その家にやってくると、窓から侵入し、年老いた夫婦が並んで首を吊っているのを発見した。死体はすでに冷たくなっていた。死が自らの仕事を成し遂げた、と新聞は報道した。確かに死が自らの仕事を成し遂げた。この表現のなかに、〈強力な措置〉の信奉者たちが自分たちに責任があると言えるようなことは何もないのであろうか? 印刷屋が断裁機を使って自分の指を切断した。肉屋が包丁を用いて自分の指を切断した。私の友人のひとりは、〈私に時間的な余裕と権利があるうちに〉ピストルで自分の手を撃ったと私に手紙を書いてきた。そうではない。戦争を前にして冷静沈着でいられる者などひとりもいなかった。卑怯者たちの無関心のなかで、コミュニストたちやナチ信奉者たちのような法螺吹きたちの自慢話のなかで着々と準備されていることに対する言いあらわしがたい恐怖があるだけだった。

あなたは満場一致について話した……。

もうそんなものはない。満場一致など存在しない。

そしてあなたはそんなことはもちろん心得ている。情報が足りないなどということはないのだ。しかし、あなたが話すのはいつでも演壇の上からである。そして、演壇の上で、真実を言うのは不可能である。仮にあなたが明日カルパントラの職人になるとすれば「ダラディエはカルパントラ出身である」、ブロット遊び[三十二枚のカードを使い、二~四人で行うゲーム]の仲間たちに「ああ！　私が知っていることをそのまま言えていたらよかったのになあ。しかし、私はそれを言うことができなかったんだよ。何しろ、私は大統領だったんだから」などと言うだろうと、私は確信している。あなたがこんな風に言うだろうということはいかにもありそうだ。政府の長であるとき、その人物は真実を言えない。彼が真実を言うということは絶対にない。統治するということ、それは法螺を吹くということである。平和な時には、葡萄畑に葡萄があまりにもたくさんあるので、また直接に利用できる生命［豚や羊など、農家にいる生きている動物］があふれ返っているので、政府のそのようなごまかしに人々は注意を払ったりしないものだ。人生は、あなたを、つまりあなたとあなた方の政治家たちのすべてを軽蔑することで何とか満足するよう私たちに強制するのものである。しかし、九月二十八日の夕方、総動員令のビラが封筒から取り出され、市役所の事務室で出番を待っていたとき、あなたの法螺に馬乗りになって到着していた私たちの死は、その法螺をぞっとさせるようなやり方で照らし出していた。私はマルタン・デュ・ガールと意見を同じくしているわけではない。彼は、一九三八年七月に、一九一四年七月と同じように井戸の底に投げこまれているような印象を味わった、そして自分の周囲に見えるものはもう何もなかった、と語っている。いや、そうではなかった。私にはすべてがはっきりと見えていた。何故なら、最も重要なことは明瞭に見えていたからである。それはあなたの法螺であった。政府の法螺であり、政党の法螺であり、同じく政府の役人を務めている組合の指導者たち（そして、彼らは今――私は三八年十月の世界的な静養休暇のあいだにこれを書いている――、自分たちの組合員たちの最高度に仮借のない失敗の憂き目を見たばかりである）の法螺であり、あなたの政府の組織のなかで名前を持っていたすべての者（そのあとは、私たちにとってはもう名前を持つことがない者である。つまり私たちはもうあなたに服従することは絶対にないであろう）の法螺である。すべてがあなたの法螺である。あなたに服従することを拒絶するためには、この他に何を知っておくべきだったのであろうか？　ルーズベルトとハル［ルーズベルトの国務長官］のメッセージの解釈は法螺である。サー・ジョン・サイモン［イギリスの大蔵大臣］の演説の解釈は法螺である。ラ・ポワント・ドゥ・グラーヴ［ボルドーの北に位置する大西洋岸の岬（ポワント）の村の名前］におけるバリットの演説の歪曲は法螺である。その演説の意味は極端に変質させられたので、合衆国の世論は、吐き気を催し、大統領に真実を回復するよう強制することになった。つまり合衆国は百パーセント不干渉主義となっていた。人を殺すために用意された法螺。ヒトラーをめぐって無線電信であなたに提供された間違ったドイツに関するラジオのプロパガンダは法螺である。あなたには、ドイツという国の広い空間にいる、孤独の奥底で恐れと恐怖で意気消沈してしまっており、私たちと同じような善良な男たちの声が聞こえていなかった。彼らは、私たちと同じく戦闘を行いたいなどという気持は持っていなかったのだ。間違っているイタリアの表現も同じく法螺である。私たちが日々を過ごしてきた間、政府は、太鼓がその胴体を鳴らしているように、法螺を吹きつづけていた。いやいや。私たちは井戸の底にいたのではない。私たちは私たちの断頭台の嘆かわしい高みにいたのであった。そして私たちには法螺のすべてが明瞭に見えていたのである。私たちにはそれ以上知る必要もないし、それ以上見る必要もない。あなたが話している満場一致、それは、大統領様、政府の最高責任者が自画自賛できるような満場一致ではない。その満場一致は、あなたに反対して、つまりあなたの命令に反対して行われた満場一致なのである。あなたは、予備役軍人たちの出発が行われている駅に居合わせたことがありますか？彼らがその顔にあらわしているとあなたが話すその深刻さ、あなたがフランスへの愛国心のあらわれだとして美しい言葉を連ねているあの深刻さ、その深刻な表情がどのような内容のものなのか、仮にあなたが本当のことを知れば……。

あなたに話しかけているのは昔兵士だった男です。そしてその深刻な表情、大統領様、私が兵士たちの顔の上にそれを見るのは二度目のことなのです。一回目、一九一七年戦争の兵士たちの顔の上にそれを私は見た。その深刻な表情が何を意味しているのか、あなたに教える必要はない。そうした男たちの心のなかにあったのは、暗くて不機嫌な精神である。当時反乱を起こした兵士たちの、私はひとりであった。ささやかではあったが。「一、二、三、四、四は前に」などと言っている曹長を前にして一列に並んでいるということが何を意味するか、私には分かっている。そしてすべての四[反乱を起こした兵士たちのうちで前に出るように言われた兵士]は、裁判もなく、その翌朝銃殺される[この間の事情は『純粋の探究』に詳述されている]。私たちの表情はその日陽気ではなかったと信じてほしい。私たちの表情は、あなたがそれについてあんなに軽やかに話したあの真剣な表情を見せていたかもしれないが、本当は恐怖で凍りついていたのである。その真剣さは、私たちはそのことを忘れることはないだろうということを意味していた。そして私たちはそれを忘れなかった。

一九三八年九月二十八日水曜日の朝、ドイツ人もイタリア人もフランス人も、互いに向かい合っている兵士たちはすべて、あの凍りつくような真剣な表情を見せていた。政府の責任者たちは、兵士たちが正面の敵をまったく見ていないということと、自分たちのすぐ近くにいる個人的な敵たち［政府の責任者たち］を不動の視線によって発見したようだということに、びっくり仰天して気づいていた。兵士たちは、その敵たちとすぐさま決着をつけたがっているようだということが見てとれたのである。まるでざるのように権力を失いつつあったムッソリーニの周りで、ピエモンテの住人たちは［怒りをこらえて］歯を食いしばっていたし、ブルジョワたちはトリノを明け渡したし、人々は白昼に堂々と町の壁に〈国王万歳〉などと絵具を使って大きな文字で書いていた。蠅とり紙に蠅が吸いつけられるように、自分が口にした言葉に捕らえられているヒトラーの周りでは、すべてのドイツ人たちは行きあうフランス人たちを熱烈に迎えていた。ケルンでは〈ラ・マルセイエーズ〉が賛同の拍手で迎えられていた。大統領様、あなたに関しては、動員を告げるあなたのビラは我が家では引き裂かれ、百キロ以上の四方にわたって絵具を塗りたくられた。私たちがしなければならないことに必要な仲間を集めてほしいと友人たちに私が要求したところ、望んでいた以上の仲間たちが自由に使えるようになった。通りを歩く人々は、毅然とした平和主義者たちを拍手喝采していた。あなたの欲求に合致した行為——あなたが望んでいる今週の行為と、あなたの検閲が厳しく許可した記事は、あなたの欲求がどういうものなのかということを見事に見せてくれたので——ではなく、私たちの欲求に合致した行為をあなたが実行するよう、フランス中で満場一致の決定がなされた。

あなたがミュンヘンに行くことを受け入れたとき、私たちが発した安堵の叫びは、勝利をあらわすための叫びでもあった。何故なら、私たちはあなたを拘束したことになるのだから。私たちがあなたに譲歩させたのであった。ミュンヘンに出かけた四人、あなた方は幻想を抱いてはいけない。あなた方がそこに出かけたのはあなた方の自由意志によるものではなく、戦うことを望まなかった四つの国の国民によって押され拘束されたから出かけたのである。ムッソリーニが平和の代弁者になるのを引き受けたのは、戦うのを拒絶したイタリアの国民によってそうするよう強いられたからである。ヒトラーがムッソリーニの提案をすぐさま受け入れたのは、戦うことを拒絶した国民によってそうするように束縛されていたからである。あなたとチェンバレンがすぐさま出発したのは――一週間のあいだ、戦争の準備を手探りし、動員令を出すということは戦争を行うということなので、戦争に向かって万事を押し進めたあとで――、私たちが、戦うことを拒絶しながら、あなた方にそうするよう圧力をかけたからである。あなたは自分のことを自慢してはならない。私たち全員の生命を救ったのは誰[何]なのか、あなたは知っていますか？　それは恐怖心である。もっとも健全な恐怖心が、もっとも思慮分別をわきまえた恐怖心が、非人間的なものを前にしたときの人間の恐怖心が、私たちを救ってくれたのだ。それはもっとも高貴な恐怖心であり、法螺に満ちあふれた哲学的なありとあらゆるあなたの発明品のために、また法螺に満ちあふれているあなたの道徳論のために、さらに殺戮の場へと誘うあなたの命令の言葉のために、そうしたもののために死ぬということの断固とした拒絶、このことが私たちの命を救ったのである。国民が、はじめて、勝利をおさめたのであった。私たちの出来損ないの革命家たちはだれも目覚めることはない。彼らはコミュニストの偽物の政党を[後生大事に]両手で抱えている。彼らは、何かが破綻してしまったということを理解している。しかし、破綻したのは何だろうか？　役立たずの人々から生まれてきた息子と形容できる古い世界である。破綻してしまったのは、古い世界なのだ！　それは、あなたの腐った指のあいだから流れ落ちてしまった人々である。よく見るがよい。あなたの指の間にはもう何も持っていない。もうあれもこれも何もかもなくなってしまっている。人々は自分自身の力によって逃げ出してしまったのである。四つの国の人々は四つの政府に譲歩するよう圧力を加えたのであった。こうして偉大な勝利が獲得できた。

7

四つの国の人々の行動だけが重要だったということは、彼らが四つの政府に前言を翻すよう圧力を加えたということでもある。

祖国のために死ぬのはもっとも美しい運命であるというのは、だから、本当ではない。

平和を望む者が戦争を準備するということは、だから、本当ではない。

強力な軍隊は平和を守るということは、だから、本当ではない。その理由は、軍隊の責任者たちが要求しうる限りの強さを備えている軍隊を仮に私たちが持っているとしても、私たちは戦争を体験することになるからである。

そして私たちは、今、平和を所有している。

そしてドイツ人たちを愛しイタリア人たちを愛することは、可能なことだし容易なことだということを、私たちは不意に理解している。

いかなる口実のもとに、軍備を増強しつづけるのだろうか？　私たちは軍備を利用したくない。私たちは軍備を利用することなく、平和を構築していく。

一九三八年九月の冒険の論理的な帰結は、全世界の武装解除である。

政府がこれほどの真実を自発的に一挙に言ったなどということがこれまでにあったと、あなたは思いますか？

8

もちろん、政府は元気を取り戻そうと試みるだろう。しかし、人々は、自分たちがまさに拒絶しようとしているところであると［政府に］分からせるだけで、大きな勝利を獲得した。人々は拒絶することによって決定的な〈勝利〉を獲得するであろう。

9

他にも明白な事実がある。

そしてこれらの事実は、一般的には、人間に名誉をもたらすことになる。他の人たちが行ったことを明白に示すことによって、私たちは自分が人間であるということがいくらかよけいに誇らしく思えるようになる。私たちの誰もが、教員たちやフランス郵政省に誇り高い大きな恩恵を受けている。ジュオー［当時のフランス郵政省の事務局長］の指令を実現しているこの二つの組合の人たちのことが、今では、私たちにはあまりよく見えなくなっている。さらに、ユース・ホステルの若い職員たちが行ってきた明敏で勇敢なすべての仕事を前にして、私は喜びのあまり驚嘆している。彼らは希望の源泉であり、彼らと一緒ならすべてが可能であり、彼らがいなくなると何もできなくなるから、私は驚嘆しているのである。私が一種の無気力な態度でここ数年のあいだ絶望してきたために、その分だけ彼らを正当化し、彼らに名誉を与えるのは、それだけ一層心地よいものである。彼らもそうした無気力な状態に陥っていたように私には思えた。彼らは、政治的な人間たちのむかつくような手に抵抗もせずに操られ、落とし穴のなかに閉じこめられていたのであった。その落とし穴の自主性はいささか実入りのよいスターリン主義の物書きたちに委ねられていた。私には彼らが、自由に生活するために利用すべき類の力を、議論の際に用いているのが見えていた。彼らが、騙されて、不毛で間違った文化の追究に乗り出していくのが私には見えていた（彼らの前でその間違った文化を無能な物書きたちが主張している光景が、彼らを啓蒙してくれるはずなんだが、と私は考えていた）。一方、本当の賞賛すべき文化、それは無政府主義的で、精彩にあふれており、人生を美しくしてくれる唯一の文化でもあったのだが、それは彼らの前にあったのだ。そして、彼らは一挙に自らを解放した。彼らがこんな風にこれほどの明晰さとこれほどの力強さをいきなり獲得したことを考えると、彼らが本当の四人になってしまったことは一度もなかったのだと、私は考えている。私は彼らに関して思い違いをしていたと認めることができて、今、幸福である。しかし私にも言い訳したいことがあるし、彼らがおかしていた危険はあまりにも大きかったので、私が彼らを酷評したときに用いた辛辣さは、やはり、認めざるをえないのである。今年私は、ツールーズのユースホステルの第一会議のいわば名誉委員長のような役割を務めていた。彼らがコミュニストたちによってこの機会にとりわけ影響されることが分かっていたので、私は彼らに個人主義者としての声明を送っておいた。その会議のあとで、若いコミュニストたちの新聞は、私の見解に対して、彼（ジオノ）の言うことは無視して私たちはフランスを受け継いでいくであろう、と書いていた。優しい駄弁である。しかし、このような駄弁が彼ら（ユースホステル会員）に対して用いられたのを見るのを私は恥ずかしく思った「ジオノはユースホステル会員には理解されていると考えている」。だから、リヨンのユースホステル会員の宣言に喜んで挨拶を送ろう。

リヨン・ユースホステル会員の声明書

「否、否、私たちは大量虐殺は受け入れないであろう。この声明が予想外だと思うかもしれない同志たちに対して、私たちの活動の基礎にある平和への愛、そして外国の同志たちに向けられる私たちの友情、この愛と友情は、遠くて快適な旅のなかで花咲くだけでなく、若者たちすべての拒絶を世界に向けて叫ぶための勇気を私たちに与えてくれるにちがいない。

私たちは、昨日ヴァカンスの旅の途上にあった同志たちを、明日殺害するなんてことはしたくない。

さらに、私たちが私たちのすべての同志に向かって次のように叫ぶのは、私たちの活動の理想に忠実なはずである。

不安な無気力に身を任せるしか仕方がないとか、戦争はひたすら国家の誰それのせいで生じるなどと、彼らが主張するとき、彼らは私たちに対して法螺を吹いている。

闘争は不可避であるという考えに私たちを導こうとしているとき、彼らは私たちに対して法螺を吹いている。

私たちの軍隊はファシズムから民主主義を守ってくれるだろう、動員は交渉を促進するだろうなどと、彼らが言うとき、彼らは私たちに対して法螺を吹いている。服従の第一段階である動員は、近い将来に生じる大量殺戮を万人に受け入れさせ、国境の向こうとこちらの感情を刺激する以外のことは何もできない。

私たちフランスの無数の若者は、ユースホステルの同志たちが殺戮されることを受け入れない。

私たちフランスの無数の若者は、ドイツとユースホステル契約を締結しているのだから、ドイツの若者たちも武装した闘争という考えは受け入れないはずであると確信している。

私たちフランスの無数の若者は、ユースホステルのバッジをつけており、好戦的なジャーナリストたちに対する不快感を叫んでいる。

一方ではチェコの独立を保障するために、他方では同国人を解放するために、それぞれ必要だと主張されている戦争が不可避のものであると考えることを、私たちは拒絶する。

私たちが何もできないということは、間違っている。どのような抗議も、たとえそれが孤立しているものであっても、無益であるということはない。

各人が平和に対する意志を主張する勇気を持っていただきたい。

戦争は不可避のものではない。

平和、わたしたちはそれを望んでいる。

みんなで平和を要求しよう。

リヨンのクラブ」

ここには、ロシアのデルレード［一八四六〜一九一四、フランスの政治家・作家、愛国者同盟の結成者］信奉者たちの現在の仕事のすべてよりもっと革命的な解放があるだけでなく、団結というものの深い意義が読み取れる。それは集団の精神とは大いに異なっており、それより大幅に優れているものである。これは自由な人間たちの宣言である。このような宣言に署名するのは、ロシアでは、不可能である。署名するとは、私は何を言っているんだろう。そのような声明をあえて構想するのは不可能である。さらにこの声明は、その九月に「リュマニテ」紙が掲載した記事すべてに反対することを率直に主張している。コミュニストたちもまた、彼らとは別に、フランスを受け継いでいくことを望むであろう。彼らだけがフランスを持続させるのを望むことになるだろう。しかし、それはもうフランスではないであろう。

同種のもので、しかも署名している人たち（あのような古めかしい考え方をしていたあとでは、もう若者たちとは言えない人たち）に敬意を表しているパリ北地区クラブの声明がある。以下の通りである。

ダラディエ大統領への公開の手紙

「パリ一区、二区、八区、九区、十区、十七区、十八区、十九区のユースホステルの利用者たちは、一九三八年九月二十九日に集会を開いた結果、国防省大臣様に恭しく、平和を作り出すことができなかった、あるいは平和を作り出すことを〈望まなかった〉人たちによっておかされた失敗や間違いのつけを払うために、〈いかなる口実があろうとも〉、自分たちの生命を犠牲にすることは望まないとお知らせしておきたい。

私たちは、数キロメートル四方の領土に関わる係争を、世界中の五千万人もの人間を虐殺することなく、平和的に解決することは可能だと〈確信しております。〉

私たちは、フランス政府が用いる政治的手段を議論することは望んでおらず、〈私たちの生命を提供することによってその政治を承認することは断固として拒絶します。〉

パリ北地区クラブの利用者たち」

パリ一区、二区、八区、九区、十区、十七区、十八区、十九区のユースホステルの若い利用者たちは、次のような決議を採用した。

「私たちは生きることを望んでいる。
私たちはいかなる戦争も拒絶する。
条約を再検討してください。
平和を構築してください」

以上は堅固な革命である。誤った道徳［という建物］の広い表面が打ち壊されている。軍人の英雄は騙された人間で、本当の英雄などではないということを明確に理解することによって、打ちたてられた偉大な解放［を具体化している声明］である。これは商売上の原則と同じく明解で明白でなければならない。百フランかけて入手したものを一フランで売る商人は、先ず頭が狂っており、そして彼は破産する。商人なら誰でもこのことを心得ている。百フランかけて入手したものを一フランで売るような商人は世界中にひとりもいない。人間はそれほど馬鹿ではない。しかし、すべての人類のなかで現在にいたるまでもっとも明晰で、もっとも光り輝いており、そしてもっとも若いはずの人間が、〈それほどの馬鹿〉であった。彼は簡単に軍人の英雄的精神という罠にはまってしまった。彼はその罠のなかに走りこんでいったのだ。そして今、彼はそれを拒絶している。それは、革命の専門家たちが嫌っている革命である。その革命が革命家たちの卓越性を消してしまうからである。それは個人が成し遂げる革命である。その革命がひとりの人間の内部で実行されると、その人間は自由になる。革命の専門家たちは、彼らの革命に従ってくれる人間たちを必要としている。というのは、彼らは、彼らにいつも従ってくれる大衆による革命でないような他のものを想像することはまったくできないからである。革命家の命令のもとで反乱を起こすのは、親方を変えるということを意味するにすぎない。個人主義が不毛であることは決してない。反対に、大衆は常に不毛であり、個人だけが行動を起こすことができるのだ。その証拠は、大衆は何人かの個人の行動に従って動くだけであるということである。何人かの個人と思われているかもしれないが、実際のところあるひとりの人物の指令に従っているだけなのである。大衆を自分たちの指令に従わせることに関心を持っている個人だけが、その方向に沿って法螺を吹くことに興味を持っているのである。革命という名に値する革命はすべて、個人的な革命である。事態が個人の周りで変化するのは、革命が個人の内部で達成されるときである。あなたは私に次のように言うだろう。なるほど、そうかもしれない。しかし、その個人がすべて同じ方向に向かって反乱を起こすためには、彼らを指令する言葉が必要だろう。そうではない。命令の言葉は必要ではない。真実を明らかにするだけで事が足りる。真実が明らかになると、人はもう法螺を信じたりすることができなくなる。世界でもっとも有効で誠実な唯一の革命的な活動は、真実を明らかにすることなのである。一九三八年九月二十八日水曜日の午前十時に生まれた、ごく単純で、ごく子供っぽい真実がこれである。それは、〈死ぬより生きている方が重要である〉ということだ。この真実は、まだ誕生したときの粘液にくるまれている。その真実のあるがままの状態では、それはまだ大したものではない。しかしその真実はもう生まれてしまっている。宇宙全体が自分の体重でその真実を押し潰そうとするだろう。宇宙がいくら頑張っても、その真実が生まれなかったという風に操作することはできないであろう。

10

チェコスロヴァキアの問題があることは私も知っている

元のドイツ人に戻りたいドイツ人がいた。それは彼らのぎりぎりの権利だった。同じくスコダの工場［自動車工場］のこともあった。その工場のフランス人社長は、陳情書の冒頭に〈勇ましいフランス軍〉がその権利を行使して反対してくれるよう要求するために署名した。その権利についての別の観点からの個人的な構想の名において。そこには、チェコ人のためにも、スロヴァキア人のためにも、フランス人のためにも、死ぬための理由など何もなかった。

11

私たちは今では戦争をほぼ殺すところまできている。戦争は傷ついている。しかしまだ死んではいない。戦争が地面に転がっている今、戦争が死に瀕している様子は見ないことにしよう（おそらく戦争は回復するであろう)。情け容赦などせずに、踵で蹴って戦争の頭を砕いてしまう必要がある。この前の九月、貧困と平和に関する絶望的な手紙を農民にあてて私は書いていた。戦争を殺すにはもう労働者たちを頼りにすべきではないと私は考えていた。友人たちのすべては、私が間違っていると言っていた。私は自分が正しいと思っていた。私は農民の平和な労働を視界におさめていたし、共産党が労働者に関して作り上げていた映像を眺めていた。農民たちが私たちの最後の可能性であり、私たちの最後の希望だと私には思われた。戦争が、私たちの小さな谷間にあらゆる方角から襲いかかるようにして、私たちのところに近づいてくるのが感じられた。それはまるで、私たちの周囲にある山々のありとあらゆる頂から同時に根こそぎにされた雪崩が崩れ落ちてくるようだった。そこで私は農民たちにあてたあの絶望的な手紙を激しい思いをこめて書いた。労働者に対しては不正な記述に満ちあふれた手紙になってしまった。私が労働者に対して不当な文章を書いているということを私は意識していたのだが、労働者をまさに激しく攻撃することも期待していた。彼らの意識を目覚めさせるために彼らに到達するはずのことを材料にして(不当な記述以上に労働者たちに確実に到達するものは何もない)彼らを激しく叩いたのであった。彼らに対して不当なことを書いたのだが、それは無駄だった。彼らは眠っていなかったからである。彼らは囚人にはなっていなかった。彼らは常に偉大な人々であった。彼らは、いつもそうしているのだが、彼らの親方に裏切られていただけのことだった。彼らは、自分たちには親方を持つ必要があるという人間に特有のいつものこの弱点を持っているだけのことである。彼らには自分たちの親方がいる。その親方たちはいつものように彼らを裏切る。そして、労働者階級について話しながら、親方たちは、自分たちが勝手に署名した決定や宣言や政治的企画に労働者たちをまるごと巻きこみ、自分たちの魂が労働者たちのものだと見なす。これらの声明に限定して考えると、労働者は高潔さを欠いた人間として、また親方に対して偏狭な考えを持った人間として描かれている。確かに、みんなを代表した名前でこんな風に署名されているものに対して私は警戒していたが、抗議の声も聞かなかったので、私はそれを尊重するしかなかった。私のところにやってきたものは、あまりにも深刻で、あまりにも多くの人の生命を巻きこむことになっていたので、明白な事実を前にすると感情的な推測で満足するという権利を持てなかった。私は誰の意見も聞けなかった。私の友人たちの考えも聞くことができなかった。危険が切迫していたので、確実に効果のある激しい行動が要求されていた。労働者たちが、本当に彼らの代弁者たちが言っているような人間であるならば、可能な限りの激しさで彼らを叩く必要があった。労働者階級の全員の憎悪を代償にしても、世界中を大量虐殺から救うことを可能にできる彼らの覚醒を獲得できるのであれば、労働者たちに嫌われることを恐れてはいけなかった。私はそれを実行するという責任を全面的に引き受けることにした。そうするのに喜びは伴わなかったと言っておかねばならない。しかし、私自身は歴史のなかで何の価値を持つ者でもないのだから、私が彼らの厳しい非難を受けることなどほとんど意味のないことである。最も大事なことは労働者たちに戦争の責任を受けるという恥辱を回避させることであった。

労働者たちは、戦争を自分たちで回避するのだから、それなりに充分に偉大な存在であった。もう彼らのことを構う必要はなかった。人間として最高に偉大な彼らの品性は、完全無欠であった。親方たちは、彼らのいかなる部分にも触れることはできなかった。親方たちは幻想を振りまわしていただけのことであった。何物も労働者の高邁さとその偉大さを破壊することはできないということを私は認識した。何物も。労働者が強いられている苛酷な労働(有給休暇を与えるのは木製の義足に膏薬を張るようなものだと思うし、労働の方法をすべて完璧に変更しなければならないとも私は考えているが、この考えについてはしばしば再検討するであろう)も、親方の恥ずべき同席や、その声や考えによる親方との恥ずべき接触も、労働者が戦争に反対して立ち上がるのを妨げる物は何もなかった。正確を期すために、私は大部分の労働者たちと言うべきであろう。しかしながら、説明し出発することはむずかしい。抗議した労働者たちと、抗議しなかった労働者たちを区別すべきではない。後者のなかにも声には出さなかったにしても憤りはたまっていた。すべての労働者たちには、世界中の人間の頭の上をかするようにして振り動かされた大鎌のうなりが聞こえたはずだ。大鎌が明らかにしてくれる教訓のために、論争の上に大鎌が投げかけてくれる明白さのために、金属連合団体の書記官や代理人たちによる抗議文書をここに書き記しておくべきであろう。

一九三八年九月三十日の「リュマニテ」紙はその第一頁に、ミュンヘンにいたダラディエ氏に送られたはずの電報のテクストを掲載した。そのテクストは金属業界の八十万人の労働者の名において書かれたものである。

「私たちは、連合同盟の名のもとに一方的なやり方で提供された情報に対する私たちの感謝の気持を、もっと別の状況において、すでに示しておくべきだったかもしれない。

私たちの組織と、私たちが深く結びついているその組織の諸設備、両者が関わっているので、新たな事情説明をせざるをえなくなっていることを私たちは後悔している。

最近の憂慮すべき出来事に関して、連合団体の責任ある組織は、連合組織の立場を表明しておくべきであった。彼らは自分たちの態度を表明したので、平和の問題をめぐっての深刻な対立が明らかになっている。

このことを考慮するということはもっとも公正であろうと私たちは考えている。「リュマニテ」紙で公表されたテクストは連合部局あるいは事務局のいかなる定期的な審議の対象にもならなかったし、そのテクストは、事前に他の誰かに意見を打診することもなく、事務局の構成員の大多数の自主性だけに依存しているということを、私たちはここで示しておきたい。

私たちが関わっている問題の重大性を前にして、私たちがこの声明を発表するのは必要不可欠だと判断している。金属連合団体の立場は、トゥールーズの統一会議が断言しているように、どのような政治的な影響も受けないところで、決定されるべきものであると考えるからである。

レオン・シュヴァルムとマルセル・ロワ、連邦書記官

ジャン・デュパキエ、連邦代表者」

（一九三八年十月五日の「作品」紙）

　他方、戦争に反対する労働組合の活動センターは、一九三八年九月の平和主義的活動を受けて警察が行った家宅捜索や差し押さえのあとで、グノームやローヌの労働者たち、つまりパナール・ルヴァソール社［最初のガソリン・エンジン車の会社］、ルノー社、ＳＯＭＵＡ［軍事工場］、ファルマン社［初期の航空機の会社］、ＨＩＳＰＡＮＯ［自動車工場］などの労働者たちが、政治的な親方たちの反対を無視して、センターの平和主義的なポスターを貼り、自分たちでチラシを配布するという自主的行動を実行したと、指摘している。労働組合の活動センターの平和主義的なその日の指令は、審議会の議長のところへ、食品連合や、雇用者たちや、植字工たちの組合や、郊外のガスや、フランス郵政省や、パン職人や、ワゴン・リ社や、技術者たちなどの書記官たちを通じて運ばれていった。動力連合は戦争に反対している。十八地区連合（セーヌ、セーヌ＝ワーズ、セーヌ＝エ＝マルヌ、ワーズ）の書籍の組合は戦争に反対している。その組合の会議は次のような声明を発表する。「私たちの会議は、ある政党の好戦的な宣伝活動に影響されている労働総同盟の指導者たちの政治とはまったく連帯してはいない。」さらに次のように付け加えている。「戦争を食い止めるには、いかなる譲歩も極端だとは言えない。何故なら、労働者階級にとっては、たとえ勝ち誇っているとしても戦争よりは、不愉快きわまりないとしても合意の方が価値があるからである。」（「人間の祖国」紙、一九三八年九月二十三日）これ以上明解に話すのは不可能である。これ以上人間的に話すのは不可能である。ここには、重要きわまりない国際的な真実が表現されている。登録海員連合、港湾と船渠の連合、そして炭鉱夫の連合が、あらゆる国際的な紛争を平和主義的に解決してほしいと声明を出している。これら三つの連合は、五十万の地下労働者［炭鉱労働者など］、登録海員、さらに港湾や船渠の労働者たちをまとめて擁している。

「彼らは全員一致して、労働者たちや彼らの同業組合の本質的な思考を忠実に代弁しているということを完全に確信して、目下生じている危機が平和的に解決されるのを目撃したいという熱烈な意志を表明している。現在の危機は、労働者階級がすでに獲得している権利を脅かすだけでなく、自由や文明をも脅かしているからである。

従って、彼らはルーズヴェルト大統領の提案に対して全面的な同意を明らかにしている。ルーズヴェルト大統領は、あらゆる国際的な紛争を、とりわけチェコとドイツの紛争を平和的に解決しようと目指しているからである。

彼らはアメリカの大統領を承認するという気持を力強く断言している。彼は、人々が体験している悲劇的な時代において、何百万人もの男や女や子供たちに、平和は保証されるだろうし、戦争が何も解決することにはならないとみんなが確信しているその戦争が遠ざけられるであろうということを、希望できるだけの理由を与えてくれているからである。

登録海員連合事務局　ウジェーヌ・エレール、アメデ・ルゼーグル

港湾・船渠連合事務局　ロリオ、ブランカエール、ル・ガル、ピクマル

炭鉱夫連合事務局
ピエール・ヴィーニュ、ルネ・バール、クレベール・ルゲ、フィルマン・パニッサル」
(一九三八年九月二十九日の「作品」紙)

こうして、平和に対する愛が、農民の日常的な仕事を活発にするように、労働者たちの深い考えに裏打ちされた行動を活発なものにしている。この二種類の人間たちを隔てるものは何もない。彼らは人間の生活の原初的な二つの要素なのだから。その証拠を理解できたのは、大きな喜びである。しかし、戦争はまだ死んでいるわけではない。戦争は傷を負っているだけなのだ。しかも、私たちが考えるほど重症ではなさそうである。さらに、私が農民について書いていることは、労働者にも当てはまる。「平和主義者《パシフィスト》であるだけでは充分ではないのだ。たとえそれが心の奥底から[ほとばしり出た気持]であろうと、断固とした誠実さを伴っているとしても。そのパシフィスムが、あなた方の人生のあらゆる行動を導いていく哲学になっていることが必要なのである。それ以外の行動はすべて軽蔑すべき卑怯なものでしかない」

まず無産者階級《プロレタリアート》を解放すべきである、そうすればもう戦争はなくなるであろうと考えるのは、間違いである。歴史的な出来事の論理的な順序は逆である。つまり、戦争が起こりえなくなると、プロレタリアートは自由になるのである。戦争の可能性が、あらゆる鎖[束縛]の、つまりあらゆる隷属状態の結び目[核心]である。プロレタリアートと平和の概念を切り離すべきではない。平和とは、私たちを解放してくれる偉大な概念である。そのようなものは他には何もない。プロレタリアートがその仕事［平和］を追究していると、全世界を前にしてプロレタリアートは高貴な存在になるであろう。それは理想ではない。それは、私たちが物質的に実現することができる、また実現しなければならない仕事である。一分ごとに、一時間ごとに、一日ごとに、ひとりの労働者が、個人として、もうひとりの労働者に加わっていく。そうすると、世界のなかには何百万人もの労働者がいることになる。農民が農民に加わっていく。そうすると、世界のなかには何百万人もの農民がいることになる。労働者たちが農民たちに加わっていく。労働者と農民は一緒になり、彼らは群を抜いてもっとも多数で、もっとも力強い存在になっていく。彼らは、あらゆる時代のなかでも最高に偉大な構想の指揮のもとで展開しているもっとも純粋な存在になるであろう。そうした計画の最初からすでに、彼らは自由であろう。もはやいかなる親方も存在する必要がないであろう。平和の構想がただひとつあるだけだ。それがみんなの努力の全体を統合するであろう。プロレタリアートの定義は現行の定義ではなくなり、世界を前にして〈ありとあらゆる戦争を拒絶する人間の総体〉を意味するようになる必要がある。

12

共産党に対立しようとしている同盟を信用しないことだ。いかなる口実があろうとも、そんなところに加盟してはならない。ひとつの政党を厄介払いして別の政党に加わるなどということをしてはならない。党員は必然的に戦士である。ありとあらゆるものから自由になることが必要である。

13

それ故に、とりわけ国家の軍隊から自由になることが求められている。国家の軍隊は政党であるからだ。必然的にそうである。私には万事が分かっている。

14

私たちは率直な態度をとることがまったくない。率直な態度をとることにしよう。政府や、政府の雇われ作家たちは、私たちをさまざまなものに向き合わせる。私たち自身や私たちの同国人たちや外国人たちに向き合わせて、私たちを最後の薬莢を持っている兵士だとか、サンブル＝エ＝ムーズ連隊の兵士であるとか、ライヒショッフェンの騎兵であるとか、ワーテルローの最後の方陣であるとか、「親衛隊は死すとも降伏せず」［ワーテルローの戦いでカンブロース将軍が言ったとされる表現］の兵士であるとか、「ラッパ吹きは勇士である」風の兵士であるとかといって私たちを紹介する。つまり、私たちは偉大な兵士であり、英雄であり、百対一の戦いを勝利することができ、「降伏するより討ち死にする方を好む」兵士なのだ。美しい軍隊なのだ！　この前の七月に私は外国の友人のひとりと話していた。「あなたはドイツ人が怖くないのかい？」と私は彼に訊ねた。彼は答えた。「私たちは、あなた方フランス人も恐れていますよ。あなた方の軍隊、あなた方の軍隊の能力、あなた方の何世代もの兵士、あなた方が兵士を賞賛するやり方などがありますからね。あなた方フランス人は、世界中でうるさい奴らだと思われていますよ。あなた方は生まれた時から兵士ですからね。」まさかそんな馬鹿なことはないだろう。あらゆる国に国家が吹く法螺があるように、これは国家的な法螺である。国家が防衛的な協力を、そして必要なら攻撃的な協力を私たちに要求するのは、こうした類の法螺によってである。ある日、すでに死亡したかあるいは服役中なのかそれとも服役中であろうと思えるような大臣たちが行った署名がどのようなものなのか私たちには分からないのだが、そうした署名のせいで、あなた方は壁の下に連れていかれて、あなた方が世界中の最良の兵士でないならば、あなた方は名誉を傷つけられる。あいつらは戦争に反対しているのだから、栄光から見放されている、と彼らは言っている。

こうしたことはすべて、率直な態度に出ることによってうまく折り合いをつけることができるであろう。率直さの表明とでも呼べるような一種の声明を政府に向けて発表すれば、事が足りるのだ。その声明はおそらく次のようなものになるだろう。「戦争大臣様、私は石工(仕立て屋、あるいは靴屋、あるいは農民等々、つまり署名する人物の仕事を書けばいい)です。あなたが私に石工の仕事を注文すれば、私は必ずあなたを満足させることができます。しかし、何かの機会に、あなたは私に戦争を注文してくるかもしれません。あなたがこんな風に無謀にもその生命を危うくしているこの国の利害関係と同じく、あなた個人の利害関係においても、戦争という仕事に関して私はまったく有能ではないということを、あなたに率直に通知しておかなければなりません。私たちは二つの仕事をこなすことはできません。そして私は石工なんです。あるいは、二つの仕事があるとしても、私たちが好きな方の仕事、つまりうまくできる仕事、要するにより器用にこなせる仕事があります。私の場合、それは石工の仕事なんです。私が好まないもうひとつの仕事、それは強制されるからやるんですが、だからうまくこなすことなどできません。私にとって、それが戦争という仕事なんです。私の仕事ではないこの仕事を、強制されているので、心に苦痛を感じながらこなすのですが、それはあまり上手に仕上げられない仕事だと、あなたに率直に断言しておきます。あなたが憲兵を使って私に戦争をするよう強制するのなら、私はそうしない訳にはいきません。それは了解です。しかし私がそれを上手にこなすよう、あなたが私を強制することはできません。私たちが好きでもない仕事を上手にやってのけるなんてことは、どんなに強制されてもできることではないのです。あなたが私に命令する戦争は私には下手にしかこなせないということに、この生まれながらの不手際をよく考慮していただいて、あまり驚いたりされることがないよう、私はあなたに通知しておきたかったのです。」

最高に滑稽なのは、この声明に署名するのに勇気などまったくいらないということである。清潔白を擁護する、そして必要とあらば攻撃する法律は、このような声明は予想していなかった。私たちがその声明に署名しても罰を受けるということはない。正真正銘の兵士たち（屁を出してみせるためのボンボンを時おり飲みこんで見せる機転を持ち合わせている人がいるように、そうした兵士は存在する）、文学的な兵士たち、正真正銘の文学的な兵士たち（これはいっそう稀な存在である）、こうした人達は、戦争に関して、戦場に出発していく人々の重厚な態度に関して、彼らが期待することを何でも書くことができる。一九三八年九月二十四日から二十八日までのフランス東部にある美しい駅［たくさんの外交官や政治家たちがミュンヘンに向かってフランス東部にあるいくつもの駅から出発していった］に関して彼らが期待するありとあらゆる絵空事を書くことができる。真実、そうした男たちに関する絵空事なしの真実のたったひとつのこと、それは、憲兵がいないのであれば、また彼らを無理やり出発させる恐ろしい刑罰がないのであれば、彼らは出発しなかったであろうということだ。戦争は彼らの仕事ではないからである。フランス人はやむを得ず戦争をしている。すべての人間は力ずくで戦争をやらされている。しかし、服従して、召集兵たちの列車に乗って出発するよりも、そう言ってても法律に触れるということはまったくないのであるが、そう言う方がたくさんの勇気が必要である。(隠れ場所を考えたり、何とか切り抜けられるだろうなどと考えながら)臆病な兵士になるよりも、平和主義者であると表明する方がいっそうの勇気を必要とする。兵士であると表明するよりも、平和主義者になる方が多くの勇気が必要なのだ。だから、兵士よりも平和主義者の方が少ないように思われるのである。

15

さて今では、ミュンヘンの論理的な帰結は世界的な武装解除であるということが、みんなには分かっている。武装解除しないということは「私たちはあなた方をあちこち転戦させてきているが、私たちはこの勝負を捨てることはない」と人々に言うことである。私は幻想を抱いたことは一度もない。この前の九月十四日に、私は友人に次のように書き送った。

「危険はもう戦争のなかにあるのではない。今回、戦争は不発に終わるだろう。危険は、そのあとに続くあまりにも過剰な軍備や、フランスの独裁政治にある」

重要性を強調するために、次のような電報を私はダラディエ大統領に送った。

「私たちは、フランスが世界的な武装解除を目指して主導権をただちに発揮することを望んでいる」

ある大人物［アンドレ・ジッドだと思われるが、証拠は何も残っていない］にも署名してもらってからこのテクストを提出できないだろうかと要求したところ、彼から次のような返答が返ってきた。武装解除は現在要求すべき唯一の事柄ではあるが、私の活動は「水面を剣で突き刺す」ようなものでしかないので、失敗する恐れが強いこの試みに彼の名前を連ねたくないということであった。

洞察力のある人を集めて、独裁体制に異議申し立てを行うことが重大なのではない。平和を構築することだけが問題なのである。私たちが失敗するか成功するかと考えている余裕はない。すぐさま行動を行う必要がある。私たちの名前など何でもない（いくらかの名前が集まった場合のことではあるが……）。名前など、平和の前では何ものでもない。平和を実現するためには、すべてを提供しなければならない。私たちのすべてを洗いざらい提供しよう。

16

一九三八年九月二十四日から二十九日にいたる私の個人的な行動の正確な事実を明らかにしておくべきであろう。私はもちろん召集が可能の状態だった。もしもそうでないとしたら、私はもっと別の話し方をしたであろう。『服従の拒絶』を書き終えてしまっていたので、私が服従することを拒絶すると言ってもやはり意味がないであろう。これはしっかり了解ずみのことなのだ。私も自分のことを語るのは耐えがたい。そうすることによって何か有効なことが見えてこないなら、こんなことを言ったりしないであろう。平和主義者たちはばらばらに散らばっているし、彼らは孤立しているのである(最近、何度この「孤立している」という言葉を耳にしたことだろうか)。彼らは他の平和主義者が何をしているのか、知る必要がある。

私はパリには行かなかった。質問はすでに提出されていた。仮に私がパリに出かけていたとしても、完全に何の役にも立たなかったであろう。この土地で自宅にいると、私の周りには忠実な友人たちがいるし、私がすべての人を知っており、すべての人が私を知っているこの土地では、私は有益な人間だった。私が有益だったということは、さまざまな出来事がここでそのことを証明したし、平和主義者たちが行動に取りかかっているあらゆる土地でそのことは証明されている。パリではアレクサンドルと私の友人たち、リヨンにいるエムリ、彼らの情報はいろいろと私に伝わってきた。その他大勢の仲間たちについては何も伝わってこなかったが、彼らは行動を起こしていたのである。私たちには宣伝は必要ではない。このような宣伝はいらない。重要なのは、自分が暮らしている場所で働かねばならないと自覚することである。何か行動をはじめようとするとすぐに、私たちを認め私たちを援助してくれる多くの人々がいるということに私たちは驚く。私の電話は監視されていた。私は警告を受けていた。私の郵便物は監視されていた。私は警告を受けていた。私の手紙たちは、秘密は守られるという確信とともにパリに向けて出発していった。もちろん、何故そうなっていたのか、私は言わないだろう。私が行ったことのすべを私が言うこともないであろう。私が行ったことのすべては非合法であり、私ひとりだけが係争中であるわけではない。しかしながら、私たちが行ったことの名残りは存在するし、これからも残っていくであろう。私が行ってきたこと、そして私が発言できること(何故なら、それはみんなが目撃したことなので)、それは、出発していた者たちさらに出発することになっていた者たちと一緒になって広場で可能な限りの集会を開くということだった。事態が悪化していくにつれ、[平和主義の]決意をした男たちが私の周辺に増えていった。そして私たちの意図はいよいよ堅固なものになっていった。九月二十八日水曜日午後二時に我が家に集まっていた人たちに、私はここから訴えかけている。

他方、私の全体的な行動は以下に紹介する声明に充分に表現されている。(ひそかに服従しようという意図があれば、書いたりしないような『服従の拒絶』は言うには及ばない。)

以下は、一九三五年七月二十五日、編集長アンリ・バルビュスの「世界《ル・モンド》」紙に発表したテクストである。

確信

毎年、戦争開始の記念日が戻ってくるたびに、私は決意を新たにしている。

私ははじめは服従したのだが［つまり第一次大戦には兵士として参戦したのだが］、私にはそれなりの言い訳があった。

新たに勃発した戦争［第二次世界大戦］――それがどのような戦争であったとしても――の命令に服従していたとすれば、私は未来の何世代の人々を前にして、世界中に連続して存在する生命の持主たちを前にして、実在するものを前にして、さらに私の内部にある不滅なものを前にして、名誉を失っていたであろう。

一九一四年の戦争の間、世界に決定的な平和を樹立するために私は闘っているんだと人々は私に言っていた。「お前の子供たちがもう二度と兵士になることがないように、お前は闘うんだ」と私は言われたものだ。

そうではなかった。

目下、私はそうしたことすべてのために闘っている。現在の状況は次の通りである。私の意図に自信を持ち、勇気はしっかり準備できており、そして(私が発言することに対して責任のすべてを私の意識のなかで引き受ける)平和を妨げようとするあらゆる敵たち、その敵たちがどのような存在であろうとも、そうした敵たちに対する憐憫の情はすべて完全に葬り去っている。

私は平和の不動の擁護者ではない。

私は平和の残酷な擁護者である。

私は政府のためにもう原料として役に立ったりしたくない。

統治するために政府は原料としての人間の死を必要としている。労働者たち、職人たち、農民たち、山人たち、船員たち、漁師たち、さらに美しい生活者たち、こうした人達によって世界は成立しているのであるが、政府は、こうした人たちの敵である。

午前五時の太陽が、仕事をしている人たちを明るく照らす。そうした人たちの、政府は敵である。

そのような人たちが立ち上がり、そして抵抗してくれることを私は望む。

私は立ち上がり、抵抗する。

例外になるような人は誰もいない。

もしもあなたが戦争を容認すれば、政府の法螺は最初の日の朝にあなたの戦争をあなたに見せてくれるであろう。そしてそのあと、あなたは歯車装置と歯車のなかに組みこまれていくであろう。

その時のあなたは、サメが発する揺れ動く赤い泡のなかに飲みこまれてゆく前に空に向かって腕を持ち上げる泳ぎ手のようなものである。
人間には、疑わねばならないような親方は必要ない。

ユースホステル創設の機会に送られたメッセージ、一九三七年九月

若き仲間たちよ、あなた方は、ここにやってくるために、樹木や、大地や、一般的に言って世界の美しさのすべてを味わってきた。いかなる戦闘も、いかなる技術も、いかなる富も、あなた方にそれ以上の美しさを与えることは決してないであろう。自然のなかに、生命の栄光のすべてが宿っている。それがどこであろうとも、他の場所にはいかなる美しさも存在しない。

あなた方が所有しているその若さ、その若さに対する扱いがまったく正当ではない。あなた方にその青春を何か他のもののために浪費させるのは決して正当ではない。いかなる祖国も、いかなる政党も、あなた方が今ある状態よりあなた方をもっと豊かにすることなどできない。私はあなた方に単純な良識の範囲内で話している。この良識こそ、あなた方にあなた方自身の周囲にあるものを明白に見えるようにしてくれる。このことに、自由というものの最大の実例がある。自由を持つのに、資本主義的な富も、集合的な国家の富も、あなた方には必要ではない。あなた方が愛しており、そして最初から最後まであなた方がすべてを自分で成し遂げることができる仕事を、あなた方

が持っていれば、それで充分なのだ。仕事は、そこでは、余暇でもある。あなた方は、自分自身が一日そしてまた一日といよいよ腕前があがっていくのを感じるという喜びを味わうだろう。あなた方は、仕事をこなしておれば、正真正銘の傑作を仕上げることができるであろう。私たちが賞賛する最大の芸術作品は、愛情に満ちあふれた職人の簡素な作品なのである。あなた方個人の自由のためにそうした傑作があるのだ。

あなた方の個人個人を寄せ集めたりしないのがよい。自由な状態でいるのがよい。凝固してくるものを押し返すように。平和というただたひとつのもののために団結するんだよ。

平和を構築するための方法はひとつしかない。それは軍隊を、軍人を、兵士を、赤いのも白いのもあらゆる兵士を破壊することである。防御すべき領土をめぐる国境があるよりたくさんのイデオロギーに関する国境があるわけではない。防御すべきものは、生命だけである。兵士を破壊することによってしか、生命は防御できない。兵士の仕事は、彼らは狡猾にあなた方にそう信じさせようとしてくるが、防御することではない。兵士の本当の仕事は殺すことなのである。

ここにいるあなた方の周囲にある栄光は、どこにいっても、どのような人間にとっても、あなた方が純粋で平和的でそして自由である限り、有効である。

ユースホステルの最初の会議の巻頭のメッセージ、一九三八年、ツールーズ

仲間たちよ、

あなた方の若さは、私たちがもっとも語りかけたく思う人間の長所である。多くのものが崩壊していくなかにあって私が信頼できるのはあなた方の若さだけである。今日、私が話したいのはその若さを持っているあなた方に向かってである。私の年代の人間たちは部外者である。彼らが「あなた方の考えとは」反対のことを言おうとしているようでも、彼らのことは信用しないように。用心してください。彼らはあなた方を導くことができると思いこんでいるのです。あなた方は羊の群れではない。彼らはあなた方が羊の群れになるよう望んでいる。彼らは、あなた方自身の美しさであるあの個人の意識を破壊するために、あなた方に集団の意識を植え付けようと試みる。あなた方を彼らの精神性に隷属させるために、彼らはあなた方の人間性を取り除くことを望んでいる。これは部外者になってしまった年代の人間たちが行うお決まりの仕事である。あなた方は、人間のなかでじつに新鮮でじつに新しい。そのままでいなさいよ。原材料のように自分を変貌させたりしないがよい。誰かの手のなかで道具になることは拒絶しなさい。あなた方自身の生活だけの道具になりなさい。あなた方を前にすると、私ぐらいの年齢の者たちは、わずかひとつの権利しか持っていない。

それは、彼らの間違いの目録を作成し、あなた方が同じ間違いをしないよう注意をうながすという権利である。あなた方の純粋な若さが万事を考慮するであろう。

あなた方は今自由で、恋が肩に手をかけるような年齢にいるが、私たちがそうした年齢だったとき、私たちは急に取り押さえられ、戦争という馬具を装着させられた。そして私たちは自分の力をあえて主張することもなかった。そうなのだ。あなた方が今置かれている時と同じで、あなた方と同じくらいに力にあふれていた私たちは、すぐさま、死の囚人になってしまった。そして万事が終わってしまった。現在のあなた方にとって万事が終わりつつあり、あなた方の三分の二が地面に投げつけられ、くたばり、腐っていくような具合であった。何故なら、詩人たちや、作家たちや、部外者の年代に属していた立場のさまざまな人々、こうした人物たちの言うことに私たちは耳を傾けてしまったからである。そうすると、彼らは喜んで私たちを大量虐殺の状況に追いこんだ。かつてのそうした人物たちのように、現在においても、未来の何世代にも及ぶ幸福の名において、あなた方に誘いかける人たちがいる。色んな人たちが［輝かしい］未来について私たちに語りかけ、殉教者［と称する人物］が私たちに幸福を約束してくれた年代に、今まさにあなた方はさしかかっている。私たちはしかるべきことを行ったか？　行わなかった。反対に、私たちは恐ろしい時代を許してしまった。私たちが同意してしまったように、あなた方が仮に同意してしまうなら、それがどのような動機（いかなる物質的あるいはイデオロギー的な故国）のためであろうとも、あなた方の死は誰の幸福も約束することはないであろう。それは単純にあなた方の死でしかないであろう。まったく無意味な死になってしまう。

以上が、私があなた方に言いたかったことである。あなた方の心は、今、生き生きした森林や山や大洋で満たされている。英雄とは、美しい死のなかに飛びこむ人物ではない。そうではなく英雄とは、美しい人生を作り上げていく人物である。死は常にエゴイストである。死が何かを構築するということは絶対にない。死んでしまった英雄が何かの役に立ったことはまったくない。生きている人たちのなかには、英雄たちの死を利用した人がいる。彼らは英雄たちの有効性と名付けてそんなことを行った。そうした英雄主義の時代が何世紀もあったあとで、私たちは常に平和の栄華を期待している。

人生(生命)だけが正当である。もっとも孤立した人生は、緊密に、世界の[人々の]人生とつながっている。そして美が不意にすべての人々を通して広がっていく。風よりも速く。

誰にも付き従ってはいけない。ひとりで歩むんだ。あなた方の明晰さがあなた方にとって充分であることを私は期待している。

一九三八年九月七日の声明

フランス国内の警報が、いかなる憤りも引き起こさずに、戦争声明に先行する時間を作り上げているこの時、さらに戦争が国民の手に受け渡されていくこの最中にあって、私の個人的な行為は、私が『服従の拒絶』のなかで書いたことに正確に一致するであろうと、純粋にそして単純に明言しておきたい。(この声明は今日にいたるまでいかなる新聞にも発表されることはなかった)

[一九三八年]九月十五日の声明

フランス政府は戦争の脅しを利用し、場合によっては戦争を政治活動の方法として利用しようと試みている。この試みにおいて、フランス国民が満場一致で政府を承認していると政府が思っているのなら、フランス政府は間違っている。フランス政府に関わっている人たちは、あらゆる国家の要人たちと同じく、新聞や、活動家や演説家の言葉によって発表される国の信奉者の意見以外の意見を知るということがない。

ある国のあらゆる政治団体の信奉者たちの全体が、彼らの数によって、あるいは彼らの精神によって、その国を表現しているわけではない。あらゆる国には、そしてフランスにおいても、政府の信奉者ではない無数の人間が暮らしている。そうした無数の人間たちの声が聞こえてくることはまったくないが、私たちが現在横切っているような重大な時期にあっては、無数の国民の意図を誤解するなどということがあってはならないであろう。

こうした無数の国民は、どのような戦争であろうとも、国民に命じられる命令がいかなるものであろうとも、戦争はするべきではないと固く心を決めている。

フランス各地の県庁と関係を保ちながら無謀にも押し進められてきたこの楽観的な結論を、こうした意味から、考え直してはどうだろうかと、私はフランス政府に勧めたい。

凡庸な人間たちにとっては、戦争は、利用するのがもっとも容易な道具であるということは、私たちも承知している。その道具はどのような魂の偉大さを求めることもない。世界を前にして私たちを代弁していると主張している人たちに、私たちはその魂の偉大さを要求したい。私たちが彼らを許せるのは彼らが誠実な方策を採用する場合だけである。そうした誠実な方策を採用する彼らとしか私たちは関わりを持ちたくない。

唯一の真実(一九三八年九月二十九日)

英雄は存在しない。死者たちはすぐに忘れられてしまう。

英雄の未亡人たちは生きている男と再婚する。ただ単純にその男たちが生きているからである。

そして、生きているということは、死んでしまった英雄よりも、もっと偉大な長所であるからだ。

戦争のあとには、英雄で残るものは何もない。残るのは足の不自由な人、両脚のない身障者、女性たちが顔をそむける醜い顔だけである。馬鹿な者たちしか残らない。

戦争のあとでは、生きている者は戦争をしなかった男である。

戦争のあとでは、みんなが戦争を忘れる。そして戦争をした男たちも忘れられる。

そしてそれが正義である。

何故なら戦争は無意味であるからだ。そして、無意味なものに人生を捧げる人々に、いかなる尊敬の念も抱く必要はない。

ダラディエ大統領にあてられた電報の文面、一九三八年九月三十一日

フランスがただちに世界的な武装解除を提唱することを私たちは望んでいる。

17

葡萄の収穫は、今年、並外れている。葡萄の木は果実で重々しくたわんでいる。その濃密な熱気によって、また、すべての植物が押さえこまれているその粘りつくような不動性によって、いかに

も夏に似ているこの静かな秋、葡萄の収穫を支えている支柱が軋んでいる音が聞こえてくる。葡萄棚はたわんでおり、私たちはその下を通ることができない。私たちがその下に滑りこめば、私たちの顔は葡萄の房の大きな手ですぐさま捕まってしまう。その白い房はあまりにも大きく膨らんでいるので、それぞれの果実から染み出てくる砂糖のような露の微細なしずくが、その房を絡まり合った虹のようなビロードで輝かせている。葡萄は籠のなかいっぱいに積み重ねられているので、その葡萄を荷車で運び、さらに家まで持っていくあいだに、葡萄からすでにワインが溢れ出て、そのワインは街道の流れや通りや戸口や廊下や中庭や貯蔵庫の階段や、圧搾機の方に葡萄を持ち上げている腕の上に、流れる。

それが平和である！
私はいかなる平和を持つことにも恥じ入ることはない。
私はありとあらゆる戦争を恥ずかしく思っている

一九三八年十月十四日

訳者解説

『貧困と平和についての農民への手紙』

これは、戦争が勃発しそうな情勢にあるときに、ジオノが農民たちに自分たちの立場を自覚するようにと呼びかけている作品である。一九三九年六月に発表された『純粋の探究』が戦争の無意味さを徹底的に暴こうとしているのに呼応して、それより約十か月前の一九三八年八月十六日に書き上げられたこの書簡形式の『貧困と平和についての農民への手紙』は、戦争を防ぐために農民に奮起するよう激励している。

ところで、食糧自給率については、日本はせいぜい四十パーセント程度なのに対して、農業国フランスは百パーセントを軽く越えている。私はフランスに行くと大抵の場合プロヴァンスを訪問するが、列車がパリを離れて二十分ばかりすると、平らな土地に延々と田園風景が続く。そしてリヨンを過ぎさらに南の方に進んでいくと葡萄畑が見えるようになってくる。耕作地(牧草地を含む)は国土面積の五十パーセントを越えるほど農地が多いのがフランスという国なのだ。農業国なので、ごく自然に農民の数は多い。ともかく、農業関係者はフランスではとても多いのである。

だから、ジオノは農民たちに語りかける作品を書いたのであろう。時の権力者に何かを要求しても無意味であろうから、農民たちに向けてジオノは自分の考えを伝えようとする。

近代的な権力が獲得されてきた様相を考えてみれば、賭けにおける素晴らしい切り札を考え出してきた者[国の制圧者]が、私のような人間が国家の冷酷さや残酷さを指摘したからといって、気前よく権力を手放したりするはずがない。そんなことをするよりも、私は、あなた方に手紙を書き、あなた方に言いたいことをすべて、自由に遠慮なく、打ち明けることにした次第である。あなた方にとっては不愉快かもしれないが、私は自分が真実だと考えていることを、あなた方に率直に伝えている。とりわけ、こうした真実はあなた方には不愉快きわまりないのは、それがあなた方の考え方に強く訴えかけていくからなのだ。私はあなた方に気に入られようと思っているわけではない。私は問題を明らかにしようと考えている。両者はまったく別のことなのだ。私個人は何の意味もない人間である。私はあなた方のすべてに話しかけている。可能な限り多くの農民に話しかけたい。可能ならば、国境を越えて、ありとあらゆる農民に訴えかけたいのだ。私はこのことに全力を尽くしている。(一〇九頁)

戦争に向かっている国家に歯止めをかけることができるのは農民しかいないとジオノが考えていたからである。それに、ジオノは自分が暮らしていたマノスクという町の周辺で暮らしている農民のことをよく知っていた。

作家になる以前、一九一一年から一九二九年までジオノは地元の銀行で働いていた。最後の十年間は農民たちの家を訪問してまわっていた。この間の事情をジオノはこんな風に書いている。「一九一九年から一九二九年にかけて十年にわたり、私はその銀行の〈外交員〉であった。つまり、村から村へ、農場から農場へ、私は証券を預けていくという仕事に従事していた。私の仕事は、箪笥のなかの下着の山の下に隠されている金を預かり、それと交換に大きな書類を渡すというものだった。その大きな書類の上には、いろんな記号や、寓話や、鉄道や、椰子の木などが描かれていたが、その書類は国家に保証されたものであった。国家に保証されているにもかかわらず、そうした証券は、証券取引所へ上場して三か月後に、元来の価値のたっぷり三分の一は値下がりしてしまったと言っても、誰をも驚かせたりすることにはならないだろう。この損失をこうむった人々をふたたび訪ね、さらに金を出すように求める必要があった。その金も彼らは失うことになるのである。こんなことをうまくやっていくには、農民たちのことを知っておく必要があるということは容易に理解していただけるであろう。私がこういう仕事に十年間も携わっていたのは、万事うまくやっていたからだと言うことができるのである(1)」

そして、ジオノの作品の多くには農民が登場する。『丘』のゴンドラン、『ボミューニュの男』のアルバンやアメデ、さらに『二番草』のパンチュルル、彼らはいずれも農業にたずさわっていた。しかもジオノが描く農民は真に迫っている。「私が、こうした経験が結実したおかげで完成することができたとも形容できる最初の数冊の本を出版したとき、本の中で登場する〈私の農民たち〉は真実ではないと人々は言った。今となっては、私が描いた農民たちが真実であったということはみなが認めるところとなっている。[2]」

まず最初にジオノが強調するのは、フランスの将来を左右するのは農民たちであるということである。農民たちは自分たちが国の将来のあり方に深く関わっているなどと、おそらく考えたりしないであろう。農民たちに自分たちの役割を自覚するようにと語りかけるジオノは、この点に関しては相当に念入りに、さまざまな角度から描写している。

あなた方は人間として自由に金銭を使わないこともできる。あなた方の労働が、生きていくのに直接必要なものを生産するからである。あなた方は、金銭がなくても食べていけるし、金銭がなくても安全な場所で暮らせるるし、金銭がなくても未来のすべてを確保することができるし、金銭がなくても人間の文明を持続させていくことができる。だから、あなた方が国家の支配者になるには、それを望みさえすれば充分なのである。社会が貧困と呼んでいるもの、それはあなた方にとっては節度なのである。あなた方は、現代の社会にあっては、節度を保って堂々と暮らしていくことができる最後の人間である。そして、そのことがあなた方に絶大な力を与えているので、あなた方が、人間の節度の範囲内で生きていくことを最終的に受け入れたら、あなた方の周囲にあるありとあらゆるものが人間としての節度を守るという風になるだろう。国家は、その時、あるべき姿になるだろう。つまり国家は、私たちの主人ではなくして、私たちの従者になるだろう。あなた方は世界を闘いのない状態に解放するだろう。あなた方は人類の意味のすべてを変えてしまうだろう。あなた方は人類に、あらゆる時代を合わせたありとあらゆる革命が人類に与えてきたよりも、もっと多くの自由を、もっと多くの喜びを、もっと多くの真実をもたらすことであろう。（一一八頁―一一九頁）

本書の内容が見事に要約されている。それでは、世界の運命を委ねられているとジオノが形容する農民の生活とは、どのようなものであろうか。食料を自由自在に調達できるのが農民であり、特別な贅沢を望みさえしなければ、楽々と暮らしていけるのである。

いくら高級車を所有していても、たくさんの宝石を持っていても、著名な俳優であっても、食べ物がなくては暮らしていけない。どのような人間にも食料は必要なのである。一方、高価な宝石や立派な御殿などなくても、私たちは農地があれば暮らしていける。食べることが何にもまして必要不可欠なのである。農民は自分たちのこうした生活があまりにも当たり前なので、それが自由で満ち足りた理想的な暮らしだと自覚していない場合が普通である。そのことを自覚するようジオノは農民たちを励ます。

金銭を持たなかったら、あなた方は食べつづけることができないとでもいうのだろうか？

あなた方の小麦は、それを売らなければ、食料としての価値を失ってしまうとでもいうのだろうか？　あなた方はその小麦を昔から農民が使ってきた古い水車でひいているのだが、その水車が電動ではないからといって、その小麦でパンを作れないとでもいうのだろうか？　そのような小麦から作られるパンを食べれば、あなた方は健康でなくなり、あなた方の命がなくなるとでも、あなた方は考えているのだろうか？　そんなことはありえない。あなた方はきわめて単純な暮らしをつづけながら、光り輝くばかりに生きつづけるであろう。あなた方はあなた方自身の生活の絶対的な主人であるだけでなく、他の人たちの生活の絶対的な主人でもある。しかしながら、社会においては、それを貧困と呼ぶこともあるだろう。そのような貧困についても私はあなた方に言っておきたい。あなた方の掌中にあるこの貧困はあまりにも決定的に勝ち誇っている武器なので、あなた方がその気になりさえすれば、その貧困は全地球上に平和をもたらすであろう。（七一頁―七二頁）

農民の自給自足し満ち足りた生活を乱すのが、金銭である。農民がのんびりと自給自足の生活に満足し、他の人たちのための食料を生産しなくなってしまったら、飢えてしまう人間が続出するであろう。政府は、農民が金銭に関心を持つよう仕向けていく。

農民が、自分が生産する作物を食べて暮らしているあいだ、問題は何も生じてこない。ところが、農民のなかには、都会に出て労働者になろうとする者が現れてくる。「雨や風や太陽や奔流や河や雪などの習慣と、大地の豊穣の度合いの相違のあいだで彼らの住環境を調整することにより、広大な大地を平穏に占有していたこの一群の男たち、大ざっぱに農民と呼ぶことができる仕事、つまり自然と協力しあって行う仕事（そして職人仕事は農民の仕事でもある）に従事している、この地球の津々浦々にいたるまでまるで種子のように広がっていた無数の男たち、彼らの土地に生えている樹木の陰に一様に散らばっていたこの大群の男たち、以上のような男たちが、人工の方向を目指し、自然を見捨てて、安易な暮らしと利益に目がくらんで、都会へと殺到していった。」（二八頁—二九頁）

ジオノは農民と農民でない人間の違いは、次のように記している。「私が農民とそれ以外の人間を区別しているのは、自然のなかで生きることを望む人々と、人工的な生活を望む人々のあいだで、この時期からそれぞれの出発が選びとられるからである。」（二九頁）

農民は樹木に似ているとジオノは指摘する。養分のすべてを大地から吸収しているという点において、農民は樹木のような存在なのだ。ジオノは、人間は樹木に似ていると書いたことがある。「私たちは自らの糧のすべてを大地から取り出している人間なのだ。だからして、私たちは樹木のようだと言うことができる。樹木よりは精神的だと言うことができるかもしれないが、本性はまったく同じである。(3)」ここでは一般的に人間が樹木に似ているのだと書かれているのだが、もっと正確に書くなら、農民こそ樹木に似ていると書くべきだったであろう。それほど農民と大地との関りは根本的なものなのだ。

農民は、〈農地〉［所有物］という言葉とともに働く人間なのである。何よりも先に、農民は「俺の土地、俺の種子、俺の収獲、天気が悪かった」などと言う。農民とは、純粋な個人であり、社会というものを必要とせず、社会を当てにせず、自分自身で充足している人間なのである。農民はまさしく樹木に比較することができる。彼は深く土壌に根を下ろしており、その土壌から栄養を吸収する。彼は自分が暮らしている土壌によって育成されている。彼は土壌の特性とその欠陥をあわせ持っている。彼はその土壌に純粋に付属するものであり、土壌を純粋に表現するものでもある。農民の肉体的な形態や農民の精神の素材は、その土壌の産物なのである。農民は階級でもないし、人種でもない。農民は動物が支配している世界の一部分である。農民は人間である。世界と関わりを持っているのは農民である。（四〇頁―四一頁）

フランス国民の大多数を構成している農民を巧みに篭絡することなくして、政府は自由に国を統治することはできない。農民を統治するための唯一の強力な武器、それは金銭であるとジオノは断言する。金銭が農民たちの自由を妨害する張本人であるなどと考える者はあまりいないかもしれない。この点において、ジオノはじつに独創的だと評価できるのではないだろうか。「農民を撃退するための武器はひとつしかない。それは金銭、貨幣である。それは印刷機にかければいとも簡単に作り出すことができる何の値打もないあの物質だ。壮麗な富をいっぱい背負っている農民をこんなに俗悪な物質で誘惑できるなどということが可能だとはとても思えない。農民は十センチ四方の紙切れと交換に六百キロの小麦を差し出すのだろうか？　そう、農民は小麦を差し出す。農民はどうしても財産を必要としている。この欲求を拡大しさえすればいいのである。」（一〇〇頁）

こうして、賭けをしたくなるほどまでに金銭にこだわるように農民たちを仕向けるには、まず農業で多額の金銭を獲得できる可能性を示してやる必要がある。それが大規模農業なのだ。自給自足の生活から脱却して、小麦やメロンやジャガイモなどを大規模に耕作するよう、農民たちを誘惑する。そうすることによって農民たちを金銭の奴隷にしてしまうことができる。そうなれば、政府は農民たちを自由自在に扱うことができる。

農民は共産主義の国では労働者になってしまうだろうし、大規模農業を企てて資本家になっても、農民は金銭に服従するようになってしまうであろう。農民が農民でありつづけるためには、自分自身の尺度を超えることがないよう最大の注意を払わねばならない。

大量の小麦を持っている農民、大量のモモを持っている農民、それぞれ大量のタマネギやアスパラガスやジャガイモを持っている農民、こうした農民たちの哀れな姿をジオノはリアルに描いてみせている（八四頁―八五頁参照）。大量の小麦を作ったが、それは売れないで農協に保管されたままであると嘆く農民の苦境も説明されている（七四頁参照）。

農民はいつも農民である必要がある。彼が資本家になっても獲得できるものは何もないだけでなく、彼はすべてを失ってしまうのだ。このことを証明しつづけることが今でも必要だということを、現在の経験が充分に示していると私は考えている。農民は、労働者になればやはりすべてを失ってしまう。農民は共産主義の社会でも、労働者になってしまえば、すべてを失うだろう。農民はそこでは自らの自由を失ってしまうのだ。いずれの場合においても、農民は国家に対する服従の度合いを高めるばかりである。彼は国家に命を委ねている。国家が卓越しているということに異議を唱えないにしても、農民はいつでも自分自身の人生の主人であるのがいいであろう。農民であるということは、正確に人間と釣り合っているということだ。いかなる場合でも、農民は自分自身の尺度を超えて働いてはならない。彼がその尺度を超えてしまうと、自分が生産する農産物の行き先がかならず歪められてしまうからだ。つまり農産物を金銭に換えるということになってしまうのである。そうした手順のせいで、国家の力を認めることになってしまう。つまり国家が力を発揮するのを容認するようになってしまう。そして、国家が力を振るう最初の相手は、いつでも農民なのである。（二二三頁―二二四頁）

考えてみれば、フランスの戦争を担っているのはいつでも農民たちである。労働者たちは工場で働き、戦争に必要な武器や道具などを作る。彼らは代わりがきかないのだ。

足かけ五年間、第一次大戦に従事したジオノは兵士の大半が農民であったという事実を、ここで明かしている。ジオノが生涯暮らしていたマノスクの近くに位置しているヴァランソル高原から若者が出征していく物語『大群』では、男たちがいなくなってしまったあとでも、女や老人たちが必死になって畑を耕していた。男がひとり戦場に取られても、彼の妻や子供や祖父母たちが畑を耕すことができるので、生産高はいくらか落ちるとしても、農業は細々と持続することができるからである。「農民のみなさん、あなた方は、戦列の端から端まで見渡しても、農民ばかりだということが間もなく理解できるであろう。戦列の正面でも端から端まで農民ばかりである。あなた方はいつも戦争を農民だけでやってきた。」(一三三頁)

小さな村に建てられている慰霊碑を見ると、農村からいかに多くの男たちが戦場に駆り立てられ、戦死していったかということが一目瞭然である。「一九一四年の戦争のあとで、あらゆる村に建造された死者たちを弔う慰霊碑は、とても役に立っている。みんなは慰霊碑がとても醜いと言うが、私は決してそう思わない。村から村へと田舎を歩いていくと、死者たちを弔う慰霊碑が発する正直な大声を私は聞き取ることができる。碑に彫られている名前の数を数えてから、死体のないこの墓の周囲にひしめきあっている数少ない家を眺めてみるがいい!」(一三三頁)

農民が戦地に赴いても、農場が徹底的に荒廃することはないと政府は知っている。だから、いつも農民たちは戦争に駆り立てられる。「きわめて重要な人間であるあなた方、どうして国家があなた方の命をあんなに安く買い取って、あなた方とその子供たちをあんなに気前よく虐殺してしまうなんてことが可能なのだろうか? それはまず、あなた方には千二百キロの小麦で足りていたのに、六十万キロもの小麦を生産したので、戦争のための予備食料を確保できた国家はしばらくのあいだあなた方農民の奉仕がまったくなくてもやっていけるようになったからである。ついで、予備食料が尽きてしまっても、あなた方の妻や母や姉妹や若い子供たち——十三歳の男の子もいる——が、あなた方自身がやるのと同じように簡単に楽々と働き、種を蒔き、小麦を生産することができるからである。」（一三四頁）

最終的には、留守を預かる農民の妻たちに、食料をこれ以上供給することを止めるよう、ジオノは勧めている。食料がなくなれば戦争は続けられないのである。

そこでだよ、世界中の農民の妻たちよ、あなた方の夫たちが喉をかき切られているあの薄暗い屠殺場［戦場］にいくらかでも照明を当ててみようではないか。何故、あなた方は自分の夫たちを屠殺している人物［殺人者］たちにパンを提供しつづけているんだね？　あなた方は飢餓を自由自在に操作できる立場にあるのだよ。労働者たちを工場に送り返したように、あなた方の夫たちを畑に戻さねばならないほど、国会や参謀部の要人を飢えさせるがいい。この二種類の男たちを戦闘から引き抜いてしまったあとにも、まだいくらか戦士［職業軍人］が残っているから、残った戦士たちは戦うだろう。彼らは、戦わせておけばいい。そうした戦士たちが殺されれば殺されるほど、みんなにとってそれはいいことなのだ。（一三六頁）

ジオノが何としても目指したかったのは、戦争の廃棄である。

自由のための戦争、正義のための戦争など、戦争にはいろいろな理屈がつけられる。戦争を美化するのは、いかなる政府でも行うことである。それに、いかさま作家たちが加わり、戦争を讃美する美辞麗句をわめきたてる。さらに、各種のマスコミが戦争を煽り立てる。とりわけ若者たちは、美辞麗句にすぐさま騙されてしまう。「数多くの作家たちがラッパを首にぶら下げている。最高に気の短い作家や最高の給料をもらっている作家たちが、常識的には彼らが発するとは予想もできないような具合に楽器を高らかに吹き鳴らすことによって私たちを魅了している。不幸な若者たちが口をぽかんと開けてそうした文士たちの声に耳を傾け、自分自身の火刑台の松明を掲げて彼らのあとに従おうと用意している。力と情熱がみなぎっているこの新しい世代の若者たちから、私たちの世代がたどってしまった運命を遠ざけてやることは誰にもできなかった。」（一三〇頁）

すべての戦争は無意味であるとジオノは確信している。何しろ、足かけ五年にわたって二等兵として従軍したジオノは、戦争の無意味さを徹底的に味わってきている。そのジオノの言うことに間違いはない。

戦争は無益で、その無益さは明白である。ありとあらゆる戦争が無益であるということは、明白な事実なのである。戦争が、防衛的なものであっても、攻撃的なものであっても、民間人によるものであっても、平和や権利や自由のためであっても、すべての戦争は無益である。歴史のなかで戦争が相次いで生じている事実を見ると、戦争はいつでも新たに再開する必要があるので、戦争は絶対に終結することはないと証明されていることが分かる。一九一四年の戦争は、私たちフランス人にとって、最初はいわゆる防衛的な戦争だった。私たちは防衛しただろうか？　否。私たちは戦争の前と同じ地点にいた。さらにあの戦争は権利獲得のための戦争にならざるをえなかった。戦争は権利を作り出したか？　否。私たちは、戦争以降も同じく不公平な時代に暮らしてきた。あの戦争は最後の戦争になるはずだった。あれは戦争を殺してしまう戦争だったのであろうか？　そのことは実現されたのか？　否。相変わらず新しい戦争が準備されている。あの戦争は戦争を殺したわけではない。あの戦争は人間を無益に殺しただけである。（一一三頁―一一四頁）

自立している人間の一例として、ジオノは靴職人だった自分の父親を挙げている。ひとりで靴を作ることができた父親と、靴製造工場で働く職人の相違にも触れている（八九頁―九一頁参照）。同時に、ひとりで靴を作ることができる靴職人でも、職人を雇い規模を拡大することによって、自由を失ってしまった職人の例も説明されている（九二頁―九三頁参照）

農民は貧困を甘んじて受け入れることによって、大地を相手にして、自然な暮らしをつづける限り、誰に支配されることもなく、自分の主として平穏に暮らすことができるのである。「農民はいかなる利潤も追い求めてはならない。農民は、自分がごくわずかの利潤を求めても、その姿勢は農民自身と自分の子供たちに死刑を言い渡すことに等しいということを充分に心得ておく必要がある。

総動員令のビラは、農民の利潤［追究］の論理的な結果である。農民が節度を超えてはならないということは、農民に必要な態度なのである。それは農民の家族にとっても必要なことであり、ある種のつつましい職人たちにとっても必要なことでもある。農民のかたわらで農民の仕事や農民の快適な暮らしに不可欠な道具を生産している職人たちも、農民と同じだと言うことができる。以上が貧困である。」（一二四頁）

かなり禁欲的な農民像かもしれないが、こうした生活を送ることによりはじめて、戦争に加担することもなく、誰にも束縛されることのない自由を謳歌することができるのである。

戦争廃止を目指しての活動をともに行った哲学者アランが、全面的にジオノに賛同しているのが興味深い。ジオノあての手紙をアランは次のように結んでいる。「山に関わるあなたの小説をたくさん受け取った（ボミューニュやパン竈［『本当の豊かさ』を指していると思われる］など）。この純粋な大気が私を清廉潔白にしてくれた。そうした精神をこめて、親しい友よ、私は心の底からあなたを抱きしめたい。敬意と友愛をこめて。(4)」ジオノと同じく徹底的に戦争に反対した作家は、どうやらアランだけだったようだ。

『清流』より四篇の抜粋

一九四三年に出版された『清流』は、二十一の長短さまざまな物語で構成されている。同じく雑多な物語をまとめて出版された作品としてすでに『憐憫の孤独』（一九三二年出版）があるが、この作品集は二十編の物語で構成されている。両者の成り立ち具合はよく似ているのだが、『憐憫の孤独』は全体がプレイヤッド版で一〇六頁なのに対して、『清流』は三七二頁もある。そして、『アマンディーヌ嬢の生涯』(約五〇頁)や『プロヴァンス』(約三〇頁)や『家族の詩人』(約五〇頁)などかなり長い中篇物語が挿入されている。

ここではフランスの田舎の雰囲気が濃厚に感じられる四篇を収録することにした。

なお、『オルタンスあるいは清流』[5]という作品があるが、これはジオノがセール＝ポンソン・ダムの建設に反対して、アラン・アリウの協力のもとに、書き上げた物語である。ダムの建設とともに人造湖の底に沈んでいくのは、集落の家や家財道具だけではない。住人たちの暮らしの習慣、つまり人間の文化が水中に没してしまうのである。さらに、土地買収や工事に伴う各人の損得勘定やねたみなどが、平和だった村を根柢から揺り動かす。つまり自然が破壊されるだけでなく、人間の生活も根本から覆されてしまうのである。多忙だったジオノは前から三分の一あたりまで書き、それ以降の物語はアラン・アリウに任せた。「ジオノ小説作品全集」第五巻に『オルタンス』[6]と題してジオノが書いた部分だけが収録されている。この物語は映画化されており、かなりよく知られている(日本上映の際のタイトルは「河は呼んでいる」)。この映画化された物語と二十一篇の物語集『清流』が混同されているのを何回か目撃したことがあるので、あえて注意をうながしておきたい。

『一日は丸い』

ジオノの時間感覚を表現している一篇である。

ジオノは、自分の生活が何かの目標に向かって一目散に進むなどということは認めたくない。日々の生活の一瞬一瞬が大切なのである。

一日は、夜の不明瞭な時刻に始まりそして終わる。一日は、目標に向かって進んでいくというあの形、例えば矢や、街道や、人間の競走のような長い形を持っていない。一日は、丸い形を、つまり、太陽や世界や神などに宿っている永遠で静的な物に見られるあの丸い形を持っている。文明は、遠くにある目標のような、何物かに向かって私たちが進んでいると私たちを説得しようとしてきた。私たちの唯一の目標、それは生きることだということ、そして生きるということを私たちは昨日も今日も、そして毎日のように実行しているということ、さらに、一日のあらゆる時に、私たちが生きていれば、私たちは本当の目標に到達しているんだということ、以上のことを私たちは忘れてしまっていた。（二三九頁）

私たちは進歩のために生きているのでもないし、人類の目標を達成するために生きているのでもない。つまり、人生に目標など存在しないのである。「そうではない。一日は丸いのである。／私たちは何かに向かって進んでいるわけではない。私たちはあらゆるものに向かって進んでいるのだから。そして、私たちのあらゆる感覚が感じる用意ができているときに、すべてが達成されているのである。一日は果実のようなものであり、私たちの役割はその果実を食べることにある。私たち自身の本性に応じて、その果実を穏やかに、あるいは貪婪に味わうことであり、またその果実が持っているすべてを利用することであり、さらにその果実によって私たちの精神的な肉体や私たちの魂を作ることなのである。つまり、生きることである。生きるということは、それ以外のいかなる意味も持っていない。」(一四〇頁)

生命を持つ者はすべて、円環的な動きをする。一日が朝にはじまり、昼間に一日が最高潮を迎え、そして夜になると次の日の朝にしっかりつながっていくように、私たちもまた、その人生において、最高潮を迎え、子孫を残し次の世代へと生命をつないでいく。

右の引用文の少しあとで「どこにも着陸せずにパリからパリまで飛行機で世界を一周する長距離飛行に成功するなどということより、私たちひとりひとりにとっては、自分で一日を生きることの方がもっと感動的であるということを理解するのが大切であろう」(一四〇頁)と書かれているが、アメリカではじめて飛行機が空を飛んだというニュースに興奮しているジャンの父親に対して、そんなことより心の問題こそ重要であると考えているオドリパーノは次のように指摘していた。「私たちが家や町を作ったり歯車を発明したりしはじめて以来、私たちは幸福に向かって一歩たりとも前進しているわけではないんです。私たちは相変わらず半分なのです。機械装置をいくら発明しても、それが愛の領域において発明されるのでなければ、私たちは幸福を手に入れることはできないでしょう。(7)」

私たちに世界がどのように把握されるかということが大切になってくる。眠っている私に感じられる世界は次のように記されている。「私は横たわっており、眠っている。どういう風に一日は私のなかに入ってくるのだろうか？　一日が生まれたこの曖昧な時刻の瞬間、眠りこんでいる私自身の状態が浄化されていった。夢は、木々のあいだを吹き抜けていく風のように、消え去っていき、睡眠は、私の身体という谷間のなかにそっと沈殿した。すでに、出現してくるものすべては――外部の世界において、金色の隆起となって膨れあがってくる丘の頂のように――、私の内部で睡眠から出現してくるものすべては生命を帯び、歌っている。私はまだ眠っているが、物音は聞こえるし、匂いは感じられるし、新しい大気の新鮮な泉から本能的に水を飲んでいる。物音や香りはさまざまな物語を私に語りかける。そして自由自在な私の思考がそれを記録していく。」（一四二頁）

夜が明けると「天使の時刻が訪れる。」（一四三頁）そして、午前中から正午まで「時がゆるやかに流れる。」（一四四頁）「大地の上に伸びている樹木のなかに登っていく光は、光りの黄金の手で触れて一日を丸くしていく。」（一四四頁）そのあとの時間は、昔の若い娘たちの踊りにたとえられている。夕方になり、「樹木という樹木はすべて、太陽に対して戦闘の最中にある」（一四五頁）様子は次のような印象的な描写で再現されている。

樹木が背伸びし、まるで盾のように葉叢を持ち上げ、光を包み隠しているのが見えている。太陽光線が少しばかり葉と葉のあいだから染み出てきている。まるで盾が小さな動物の無数の皮でできているようだ。さらに、闘う樹木は天体［太陽］の急激な動きを何とか押さえつけようとしているので、盾の縫い目が今にも破れそうだ。しかし、この闘いでは、西の方にある樹木たちが勝利することは一度もない。かくして太陽は自由である。（一四五頁）

そのあと生き生きしてくるのは、雑多な草たちである。草たちは「攻撃的な無数の武器で太陽の奥底を突き刺しているに違いない。太陽は、くたばり、まるで卵のように、大地の下におりていき、空っぽになってしまう。そしてそれが夜である。」（一四五頁）こうして一日は円環を閉じる。なお、この一篇のタイトルは直訳するなら「日々の丸さ」となるのだが、意味が明瞭ではなくなるので、思い切って「一日は丸い」と訳した。丸い一日が無限に続くという意味である。

『トリエーヴの秋』

トリエーヴはジオノが家族とともに休暇をすごしていた地方である。マノスクから約百キロ北に位置する盆地で、周囲を二三〇〇メートルから二七〇〇メートル程度の山々に取り囲まれており、世の中から隔離されたようなひなびた地方である。ジオノはこの地方を好んでおり、『気晴らしのない王様』や『本当の豊かさ』はこの地方に題材を得ている。秋の訪れとともに樹木が色づいてくる様子が、キツネやカエデや茸などを題材にして、詩的に表現されている作品を味わっていただきたい。

なお、「彼は医者はいないかと訊ねた」（一五〇頁）と書かれているが、醜い茸に汚染されていた村を通り過ぎてきたので、体調の異変を自覚したからであろうと訳者は考えている。

『冬』

雪が降り積もり、森林はもう動かなくなっている。樹木の内部を流れる樹液の様子。「樹液は、あまりにも細く、あまりにも寒気のなかに埋没してしまっている小さな枝から撤退して、幹の奥底に潜むために下降してきていた。樹液は、幹の周辺の部分に守られ、夏に行ったありとあらゆる跳躍を思い起こしていた。」（一五一頁）かろうじて風が流れてきた。「風はビロードのような森林や、牧草地や、急流や、ありとあらゆる小川や、草のなかに隠れている水源地などを思い出していた。その水源地は、風が通り過ぎると、牧草地のあらゆる花々を前方に跳ね飛ばしながら、身体を動かし身振りをし物音をたてて、まるで猫のように息を吐きかけていた。」（一五二頁）

世界が雪に覆われてしまうと、すべてが均一になってしまい、その下に何があるのかもう分からなくなってしまう。「谷間はずっと上の方まで霧と雲で覆われていた。しっかり注意しなければならない！　雲は、絶壁の縁ですぐさま雪と癒着したばかりである。雲の方が雪よりかろうじていくらか灰色である。どこが雪なのか、どこが雲なのか、私たちには判別できなかった。どこが持ちこたえるのか[上を歩いても大丈夫なのか]、どこが持ちこたえないのか、私たちには分からなかった。」(一五二頁—一五三頁)

雲と雪が見分けられないような地面をじっと見つめていると、キツネの足跡が見えてきた。それは生き物の痕跡である。

雪の上にキツネが通ったことを示す軽やかな足跡があった。それは刺のある小さなバラと似ている。漫然と眺めている限り、それは雪でしかない。キツネが立ち止まったところに見えるのは、雪だけである。キツネは垂直に落下したのだろうか? キツネが、その場所から大きなモミに向かって後ろに跳躍し、ムイユ=ルッスの山小屋の方へと道を探っていったのだろうか? キツネは、靄の美しい球のなかで丸くなり、そのあと、手足を振りまわしながらこの雲でできた沼地を横切って、向こう側にあるユーブル山の先端に接近していくことができた。そんなことを誰が知っているだろうか? キツネには何でも可能なのだ。そしてそのあと、沈黙が訪れた! (一五三頁)

こうして、無人の原野を彷徨っていた語り手は、森のなかの空地にある家にたどり着いた。髭もじゃの男は、隣の集落に行きたいのだが、かんじきにしようかスキーにしようかと迷っている。その集落にある三軒の山小屋を想像し、スキーで出かけることに決意し、出かける前、部屋の中のテーブルの上に載ってるいる「トネリコの木片」(一五五頁)を彫って作っている未完成の彫像が見えていた。

『希望の水源にて』

自然のなかに安らぎを得ようとして人間が企てるさまざまな試みが描かれている。

まず、戦争が終われば「これからの暮らしは希望で満ちあふれたものになるだろうと考えた」(一五六頁)が、世の中、そんなに簡単でもないし、そんなにうまくいくものでもない。「希望と均斉に飢えた状態になるたびに、人間は大地と水を無駄使いし、石を積み上げ、建築した。秩序と不動のリズムとで成り立っている望み通りの形態を自分の前に建築した。絶望のさなかにあって、自分の力や、公正さや、希望を持つ理由などを具体化する必要性を感じた最初の人間は、壁を築いた。彼は石の上に石を置き、手で漆喰を叩き、指を使ってその漆喰を溝のなかに押しこんだ。」(一五六頁)

人間はさまざまな建物を築き、詩人たちは人間の現状を歌い、画家たちは自然を模写するが平穏な世界はなかなか実現しない。まだ何かが足りないのだろう。「希望を伝える教師でなければならない」(一五九頁)詩人は、「普通の人たちより遠くまで見通さねばならないし、物事を予感しなければならない。」(一六〇頁)

その詩人の言葉のおかげで、時として、自然の豊かさ、不思議さに気づくことだってある。

健康ではちきれそうな人々の前で、干し草、草、平原、ヤナギ、河、モミ、山、丘などという自然に関わる普通の言葉を話せば、彼らは魔法の指で触れられたように感じているのが見てとれる。おしゃべりの人間でも、もう話さなくなってしまう。身体の強い人たちは上着の下の筋肉をそっと膨らませるし、夢想家ならまっすぐ自分の前を見つめる。その瞬間に、自分の魂の小さな声に耳を傾ければ、私たちは、その声が、まるでついに到着したかのように、〈ついに！〉と言っているのが聞こえるであろう。私たちは、私たちの奥底にある広大な泥土が、力がみなぎっているために光り輝いている新鮮な水が到来したので、感動しているのを感じる。（一六〇頁）

私たちが、漆喰やセメントや石や鋼鉄で作り上げた雑多な建物に関わっているあいだに、自然との触れ合いをなおざりにしてしまっていた。「私たちはいたるところで、平衡や秩序や尺度のために、壁を築き上げてきた。私たちは、自分が自由な動物であるということをもう知らなくなっている。」（一六〇頁）いいタイミングで詩人が誘い水を投じてくれたら、私たちは自分のあるべき姿に気づき、世界は秩序を取り戻すかもしれない。「しかしながら、誰かが〈河！〉と言えば、ああ！その時、山のなかの流れや、森林のなかを肩でぐいぐい押して流れている流れや、樹木を根こそぎに倒してしまう川や、泡を噴き出して歌っている島や、平原の泥の上を流れる平らな川の豊かな水の流れや、海に向かっての真水の河の跳躍など、こうしたさまざまな河の姿を私たちは思い描くことができる。」（一六〇頁―一六一頁）

私たちは、「事務所や、工場や、メトロ」（一六一頁）などの光景から離れて、本当の自然のなかに安らぎを見出したい。自分の視線の方向を変えれば、それは可能であろう。そうできるように誘導するのが詩人の使命なのである。「私たちの足は新鮮な草の上を歩きたいし、私たちの脚は、雄鹿を追いかけ、馬の腹を締めつけ、腕の力で流れを押し開いている間に身体の後ろの水を叩きたい。私たちの全身を使って、本物の世界に触れてみたいという激しい欲求を私たちは感じている。」（一六一頁）

こうした心境にたどり着いた者に見えてくる光景が、この小篇の最後に書かれている（一六一頁―一六二頁参照）。樅や楢のような樹木、キツネやイタチのような動物、渡り鳥やカモやツバメのような鳥たち、さらに海岸や雨や雲や沼地や海などの自然、こうしたものがジオノを慰め、私たち読者に喜びを提供してくれるのではないだろうか。

『正確な事実』

チェコスロヴァキアにおけるドイツ語圏地域ズデーテンの帰属をめぐり、フランス、イギリス、アメリカ、そしてドイツがそれぞれの立場を主張したので、一触即発の危機的状況となった。何としても武力衝突を避けようとしたジオノは、さまざまな文章を発表し、戦争を食い止めようと八方手を尽くした。本書は、その行動を記した記録で、ジオノ唯一の政治的著作である。

戦争を容認する人をジオノは手厳しく非難している。「強力な措置」(一六五頁)という言葉が戦争を意味していると知りながら、ロマン・ロランは「強くなるために結集しよう。そしてその武力によってヒトラーを脅かそう」(一六七頁)と戦争を肯定している。さらに、「ランジュヴァン氏が一方ではその恐怖を常に〈確信して〉いながらも、同時に〈強力な措置の使用〉を推奨するほど不誠実であるなどということを、私は考えたくない。」(一七一頁)

『貧困と平和についての農民への手紙』では、農民を賞讃するあまり、ジオノは労働者をこきおろしてきた。自然のまっただ中で暮らしている農民に比べると、都会の労働者は農村から脱出してきた人間であると位置づけていた。都会の労働者たちは、農村を捨てて都会に出てきたとジオノは解釈した。彼らは「人工の方向を目指し、自然を見捨てて、安易な暮らしと利益に目がくらんで、都会へと殺到していった。黒い道のせいで、畑は乾燥していった。大地の広大な区画が空になっていった。」(二九頁)都会で働くために田舎を捨てた男たちのせいで、農村は荒廃していったかのように書かれている。さらに労働者たちを待ち受けていた生活は苛酷なものだったとジオノは書く。

産業技術に約束された十パーセントの驚異的な幸福の方に引き寄せられてきた男たちは、新しい九十パーセントの不幸の重みを背負うことになった。その重みは彼らにはすぐには重いとは感じられなかった。十パーセントの幸福が彼らをうっとりさせてくれたからである。重病患者に処方するモルヒネのように、彼らは人間の条件を受け入れていた。そして、九十パーセントの不幸は、自然な物事がすべてそうであるように、並外れて単純なだけだった。彼らがその不幸を感じるのは、もっとあとになってからのことである。それは永遠に牢獄に入っていくことになる運命を告げ知らせる前兆だった。牢獄にいったん入った者は、そこから外に出ることはできなかったのである。彼らが不幸の重みで押しつぶされているあいだ、彼らはもはや自然の肉体は持っていなかった。産業的な幸福というモルヒネに興奮させられた神経の脆弱な骨組が残っているだけだった。もはや肉もなく、血もなく、［健康な］人間を構成しているものはもう何もなくなっていた。（三〇頁）

その上、労働者の仕事は、仕事と形容するだけの価値がないとまでジオノは書いていた。「労働者は物事をできれば簡単に片付けたいと考えているので、労働者がやっていることは仕事と形容される権利を持っていない（それは仕事ではなくて、隷属あるいは殉教、あるいはあなた方が考えつくどんなに恐ろしい表現でもいい）と私は考えている。それとは反対に、本当の仕事は簡単に片付けたりできるものではないのである。」（五三頁）

こうした考えがあまりにも片寄りすぎていたことを反省するジオノは、自分が労働者を侮辱した事実を『正確な事実』のなかでまず反省している。「労働者に対しては不正な記述に満ちあふれた手紙になってしまった。私が労働者に対して不当な文章を書いているということを私は意識していたのだが、労働者をまさに激しく攻撃することも期待していた。彼らの意識を目覚めさせるために彼らに到達するはずのことを材料にして(不当な記述以上に労働者たちに確実に到達するものは何もない)彼らを激しく叩いたのであった。」(一九二頁)そんな風に思ってしまったのは、労働者には親方(社長や雇い主のこと)がいるので、勘違いしてしまったが、労働者は正常な人であったと断言している。「彼らは囚人にはなっていなかった。彼らは常に偉大な人々であった。」(一九二頁)労働者も農民もひとしく戦争を否定し平和を願うという精神を共有しているとジオノは強調している。

こうして、平和に対する愛が、農民の日常的な仕事を活発にするように、労働者たちの深い考えに裏打ちされた行動を活発なものにしている。この二種類の人間たちを隔てるものは何もない。彼らは人間の生活の原初的な二つの要素なのだから。その証拠を理解できたのは、大きな喜びである。しかし、戦争はまだ死んでいるわけではない。戦争は傷を負っているだけなのだ。しかも、私たちが考えるほど重症ではなさそうである。さらに、私が農民について書いていることは、労働者にも当てはまる。「平和主義者であるだけでは充分ではないのだ。たとえそれが心の奥底から[ほとばしり出た気持]であろうと、断固とした誠実さを伴っているとしても。そのパシフィスムが、あなた方の人生のあらゆる行動を導いていく哲学になっていることが必要なのである。それ以外の行動はすべて軽蔑すべき卑怯なものでしかない」（一九八頁）

平和主義者ジオノはありとあらゆる戦争を拒絶する。政府の要人たちは、若者が喜んで戦場におもむくなどと思いたがっているようだが、実情はそんなものではなく、若者は戦地に行きたくないのだとジオノは指摘する。「国民は、言いようのない恐怖にかられており、打ち勝ちがたい不快感を味わっており、あなたの命令に従うくらいなら自殺したり手足を切断する方がましだとしばしば——新聞が発表してきたよりももっと頻繁に——思うほどの嫌悪感を体感してきた。冷静沈着な態度があるとすれば、それはあなたに対面する時である。」（一七四頁）

若者たちが戦争に行くのは、参戦を断れないからである。「憲兵がいないのであれば、また彼らを無理やり出発させる恐ろしい刑罰がないのであれば、彼らは出発しなかったであろうということだ。戦争は彼らの仕事ではないからである。フランス人はやむを得ず戦争をしている。すべての人間は力ずくで戦争をやらされている。」（二〇三頁）戦争に行かないと明言することは大変な勇気を必要とする。平和主義者が少ないのはそのためである（二〇四頁参照）。

政府の高官たちは、正義の戦争、自由を守るための戦争、国民を守るための戦争などと、法螺を吹いては国民をだます。というのも、「政府の長であるとき、その人物は真実を言えない。彼が真実を言うことは絶対にない。統治するということ、それは法螺を吹くということである。」（一七六

頁）

さらに、革命を目指している闘士もまた政治家と同じような統治することへの意欲をふんだんに持っているとジオノは指摘する。

革命の専門家たちは、彼らの革命に従ってくれる人間たちを必要としている。というのは、彼らは、彼らにいつも従ってくれる大衆による革命でないような他のものを想像することはまったくできないからである。革命家の命令のもとで反乱を起こすのは、親方を変えるということを意味するにすぎない。個人主義が不毛であることは決してない。反対に、大衆は常に不毛であり、個人だけが行動を起こすことができるのだ。その証拠は、大衆は何人かの個人の行動に従って動くだけであるということである。（一八九頁―一九〇頁）

ジオノが何より重視するのは、群がって行動するのではなく、自分で行動することである。つまり、革命と名づけるのに値する革命はすべて個人的なものであると断言している。「大衆を自分たちの指令に従わせることに関心を持っている個人だけが、その方向に沿って法螺を吹くことに興味を持っているのである。革命という名に値する革命はすべて、個人的な革命である。」（一九〇頁）

これは、かなり注目すべき考えではないだろうか。革命家と思われている人物の本質は政府の高官と同じだということになる。

同じく、世の中の甘いことも辛いこともすべて心得ているような顔をしている年長者の言うことも簡単に聞いてはいけないと、ジオノは若者に注意する。「あなた方は羊の群れではない。彼らはあなた方が羊の群れになるよう望んでいる。彼らは、あなた方自身の美しさであるあの個人の意識を破壊するために、あなた方に集団の意識を植え付けようと試みる。あなた方を彼らの精神性に隷属させるために、彼らはあなた方の人間性を取り除くことを望んでいる。これは部外者になってしまった年代の人間たちが行うお決まりの仕事である。」(二一二頁)

そしてジオノは若者たちに最後の忠告を伝える。

> あなた方の心は、今、生き生きした森林や山や大洋で満たされている。英雄とは、美しい死のなかに飛びこむ人物ではない。そうではなく英雄とは、美しい人生を作り上げていく人物である。死は常にエゴイストである。死が何かを構築するということは絶対にない。死んでしまった英雄が何かの役に立ったことはまったくない。生きている人たちのなかには、英雄たちの死を利用した人がいる。彼らは英雄たちの有効性と名付けてそんなことを行った。そうした英雄主義の時代が何世紀もあったあとで、私たちは常に平和の栄華を期待している。
>
> 人生(生命)だけが正当である。もっとも孤立した人生は、緊密に、世界の「人々の」人生とつながっている。そして美が不意にすべての人々を通して広がっていく。風よりも速く。
>
> 誰にも付き従ってはいけない。ひとりで歩むんだ。あなた方の明晰さがあなた方にとって充

分であることを私は期待している。（二一四頁）

当然のことながら、戦争を撲滅することを至上の目標としているジオノは軍隊を廃止し、自由を構築する必要性を強調している。「平和を構築するための方法はひとつしかない。それは軍隊を、軍人を、兵士を、赤いのも白いのもあらゆる兵士を破壊することである。防御すべき領土をめぐる国境があるよりたくさんのイデオロギーに関する国境があるわけではない。防御すべきものは、生命だけである。兵士を破壊することによってしか、生命は防御できない。兵士の仕事は、彼らは狡猾にあなた方にそう信じさせようとしてくるが、防御することではない。兵士の本当の仕事は殺すことなのである。」（二一一頁）

そして最後に、ジオノは平和な農村の光景でこの書の幕を閉じている。「葡萄の収穫は、今年、並外れている。葡萄の木は果実で重々しくたわんでいる。その濃密な熱気によって、また、すべての植物が押さえこまれているその粘りつくような不動性によって、いかにも夏に似ているこの静かな秋、葡萄の収穫を支えている支柱が軋んでいる音が聞こえてくる。」（二一七頁―二一八頁）

注

（1）ジャン・ジオノ『ドミニシ事件覚書』、『純粋の探究』（山本省訳、彩流社、二〇二一年）に収録。一四二―一四三頁。
（2）同書、一四三頁。
（3）ジャン・ジオノ『本当の豊かさ』、山本省訳、彩流社、二〇二〇年、一六七頁。
（4）Notice de Pierre Citron, Jean Giono, *Récits et essais*, Bibliothèque de la Pléiade, Gallimard, 1989, pp.1162-1163.

(5) Jean Giono et Alain Allioux, *Hortense ou l'eau vive*, France-Empire,1995.

(6) Jean Giono, *Hortense*, Œuvres romanesques complètes de Jean Giono, Tome 5, Bibliothèque de la Pléiade, Gallimard, pp.797-854.

(7) ジャン・ジオノ『青い目のジャン』、山本省訳、彩流社、二〇二〇年、三一三頁。

☆

本書の翻訳に際して使用したテクストは以下の通りである。

Jean Giono, *Lettres aux paysans sur la pauvreté et la paix*, Récits et essais, Bibliothèque de la Pléiade, Gallimard,1989, pp.521-598.

Jean Giono, *Lettres aux paysans sur la pauvreté et la paix*, Écrits pacifistes, idées 387, Gallimard,1978, pp.117-228.

Jean Giono, *Précisions*, Récits et essais, Bibliothèque de la Pléiade, Gallimard,1989, pp.599-631.

Jean Giono, *Précisions*, Écrits pacifistes, idées 387, Gallimard,1978, pp.229-275.

Jean Giono, *Rondeur des jours, Automne en Trièves, Hiver, Aux sources mêmes de l'espérance*, Œuvres romanesques complètes de Jean Giono, Tome 3, Bibliothèque de la Pléiade, Gallimard,1979, pp.191-204.

本文の訳注は割注[……]としてすべて本文に組み込むことにした。

ジオノの難解な文章を前にしてしばしば立ち往生している訳者を、今回もオート＝プロヴァンスのヴィアンス在住の友人アンドレ・ロンバールさんが温かく支えてくれた。ジオノ文学の造詣の深さや、プロヴァンスの文化や自然の全面的な理解などを掌中にしているアンドレは、私の数回の質問にこころよく迅速に応えてくれた。アンドレに心からの感謝の気持を表明しておきたい。

平和主義を断固として主張しているジオノの代表的な作品『貧困と平和についての農民への手紙』の翻訳出版を引き受けていただいた彩流社社長、河野和憲氏には心から感謝している。隣国の武力増強などの情報を流せば簡単に自国の武力強化の必要性が叫ばれるようになってしまう昨今の日本の状況にあって、この『農民への手紙』は、二〇二一年に出版していただいた『純粋の探究』と並んで、今こそ読まれるべき著作であると判断されたからであろうと訳者は認識している。

校正にあたっては、これまでの訳書と同じく、家内の直子は何度も注意深く訳文を読み、貴重な意見を伝えてくれた。おかげで、かなりの数の誤りを未然に修正することができた。ジオノ文学の意義を認め、訳者を支えてくれる理解者として直子には心からの感謝の気持を記しておきたい。

ジオノは自分で判断して行動するようにと何度も念入りに注意している。

高級と言われているブランド品をみんなが競ってあさる。信州の軽井沢や京都の嵐山近辺が見どころだと観光業界が宣伝すると、すぐそれに乗せられる人々が後を絶たない。政府の高官が「さあ、今こそ反撃を開始しよう」とタイミングよく声をかければ、まるで従順な羊の群れのように人々は「やはり、戦争だ！」と叫ぶかもしれない。

私たちは自分が旨いと思うものを食べ、自分の楽しみは自力で発見したいものだ。桜が美しいのは桜の名所だけではない。道端に枝ぶりのいい桜が咲いていたりするのである。

ジオノが指摘しているように、戦争に反対することは大変な勇気を必要とする。政府やマスコミに簡単に操られることだけは何としても避けたいものだ。どうしたらいいのか？　ジオノの著作は貴重なヒントを与えてくれるはずであると、訳者は確信している。

山本　省

二〇二三年五月二十六日　信州松本にて

【著者】ジャン・ジオノ（Jean Giono）
1895年－1970年。フランスの小説家。プロヴァンス地方マノスク生まれ。16歳で銀行員として働き始める。1914年、第一次世界大戦に出征。1929年、「牧神三部作」の第一作『丘』がアンドレ・ジッドに絶賛される。作家活動に専念し、『世界の歌』や『喜びは永遠に残る』などの傑作を発表する。第二次大戦では反戦活動を行う。1939年と1944年に投獄される。戦後の傑作として『気晴らしのない王様』、『屋根の上の軽騎兵』などがある。1953年に発表された『木を植えた男』は、ジオノ没後、20数か国語に翻訳された。世界的ベストセラーである。

【訳者】山本省（やまもと・さとる）
1946年兵庫県生まれ。1969年京都大学文学部卒業。1977年同大学院博士課程中退。フランス文学専攻。信州大学教養部、農学部、全学教育機構を経て、現在、信州大学名誉教授。主な著書には『天性の小説家　ジャン・ジオノ』、『ジオノ作品の舞台を訪ねて』など、主な訳書にはジオノ『木を植えた男』、『憐憫の孤独』、『ボミューニュの男』、『青い目のジャン』、『二番草』、『純粋の探究』、『大群』、『本当の豊かさ』、『蛇座』、『メルヴィルに挨拶するために』（以上彩流社）、『喜びは永遠に残る』、『世界の歌』（以上河出書房新社）、『丘』（岩波文庫）などがある。

Sairyusha

貧困《ひんこん》と平和《へいわ》についての農民《のうみん》への手紙《てがみ》

二〇二三年七月十日　初版第一刷

著者――ジャン・ジオノ
訳者――山本省
発行者――河野和憲
発行所――株式会社 彩流社
〒101-0051
東京都千代田区神田神保町3-10大行ビル6階
電話：03-3234-5931
ファックス：03-3234-5932
E-mail：sairyusha@sairyusha.co.jp
印刷――明和印刷(株)
製本――(株)村上製本所
装丁――中山銀士＋金子暁仁

ISBN978-4-7791-2911-7 C0097
https://www.sairyusha.co.jp